愛の亡霊

シャーロット・ラム　　宮崎　彩 訳

ハーレクイン文庫

愛の亡霊

シャーロット・ラム

宮崎　彩 訳

HARLEQUIN
BUNKO

HAUNTED

by Charlotte Lamb

Published by Harlequin Japan, a Division of K.K. HarperCollins Japan, 2020

愛の亡霊

◆主要登場人物

エリザベス・ガーディナー……ファッションデザイナー。愛称リズ。
マックス・アダム……リズの雇い主。会社社長。
デイミアン・ヘイズ……リズの亡き恋人。画家。
イーブ・ド・ラバール……デイミアンの友人。銀行家。
シャンタル・ド・ラバール……イーブの妻。

1

エリザベス・ガーディナーはその男性を紹介されても、名前は聞き取れず、ほとんど顔も見なかった。相手は五十代、小柄で貧相だが、高価なスーツを着て、ニューヨーク北部住宅地のブロンクスなまりの強い言葉でしゃべりつづけている。エリザベスは彼の指に光る幅広の金の指輪をじっと見ていた。仕事のうえのパーティだったが、その男性は顧客というわけではなかったので、熱心に相づちを打つ必要もなかった。最上階の部屋の壁にかかる絵をぼんやり眺めているうちに、一つの絵に目をとめ、思わず息を詰めた。以前には気づかなかったのだが、その絵は大きな植木鉢のしだの葉に半分かくれていて、緑のしだはまるでその絵から生えているようだった。エリザベスはその絵をよく覚えている。川岸の湿った草の上に腰を下ろして、デイミアンが描《か》くのを見ていたのだ。落ち着いた静かな水彩画で、柳の木とその上を飛ぶ野生の雁《がん》がすべて緑色と灰色で描いてある。背景の嵐《あらし》をはらんだ空に雁の灰褐色の胸が点々と浮かんでいる。

「すばらしいテクニックだ」そばに立っていた男が言った。エリザベスはびっくりして、ますか？」

「あなたが見ていたのはデイミアン・ヘイズの絵でしょう？　あれは二、三年前に描いたものだが、彼の画風はその後変わって、荒々しくなった。ぼくの言っている意味、わかりますか？」

「なんですって？」

その男を見た。

エリザベスは相手の言わんとしていることがよくわかった。その絵をじっと見つめて、野性的な黒い瞳のデイミアンの厳しい表情と重ね合わせた。そんな表情のときのデイミアンが、エリザベスは怖かった。だから、彼を忘れようとし、大西洋を隔てて住むことにしたのだ。デイミアンを最後に見てからもうずいぶんたっていた。だが、彼がその絵を描いているのを見ていたのは、ほんのきのうのことのように思える。過去が近づいたり、遠のいたりし、エリザベスはめまいがした。デイミアンとはもう二年も会っていない。それなのに、彼はいつも心の隅にいた。あの彼がわたしのことを忘れてしまったとは信じられない。ときには真夜中に目を覚まし、デイミアンがわたしのことを考えているせいだ、と思うこともあった。彼が大西洋の向こうから手を差し伸べているような気がした。だから、イギリスには戻れなかったのだ。デイミアンとはできるだけ遠くに離れていたかった。それでも、彼がひょっこりニューヨークに現れるのではないか、と不安だった。アメリカに渡ることは彼には言わなかったし、彼が捜しに来ても居所は明かさないよう、家族には頼んでおいた。しかし、いつまでも秘密が守られるとはかぎらない。ニューヨークで働いているいることがいつかはデイミアンの耳に入るかもしれないのだ。

「悲劇だ」そばの男が言った。エリザベスはその前に彼が何を言っていたのか、聞いていなかった。

「何がですの?」彼女は振り向いて微笑した。

「彼が亡くなったことですよ」それを聞いて、エリザベスは相手を見つめたまま、凍りついたようになっていった。

「だれがですの?」デイミアンのこととは信じられなかった。

「ヘイズですよ。聞いてなかったんですね」男は顔をしかめた。エリザベスが自尊心を傷つけたからだ。相手はもうデイミアンに関する興味も薄れ、いらいらして彼女を見ていた。男たちが彼女を見る目つきは、いつもはそれとは違う。いつもなら視線は冷静そうな卵形の顔から、後ろに撫《な》でつけている金髪、さらにはしなやかな体つきへと移り、そして、そうした好奇の目に対する反応が何か表れていないか、探るようにまた彼女の緑色の瞳に戻ってくる。

「デイミアンは死んではいませんわ」エリザベスはかすれた声で言った。そんなはずはないわ。何かの間違いに決まっている。「きっと、だれかほかの人と間違えていらっしゃるんですわ。あの人はまだ三十五歳ですもの!」

「去年のいつごろだったか、交通事故で亡くなった。新聞に出ていたのを読みましたよ――パリで大きな展覧会を開いた直後のことで、新しい作風がセンセーションを巻き起こしていたんだが、惜しいことをした。偉大な画家になっていたかもしれないのに」男はため息をもらし、頭を振りながら絵に視線を戻した。

エリザベスは息をのみ込んだ。のどがからからで痛い。あんなに生命力にあふれていたデイミアンがわたしの知らない間にどうして死んだりできるのだろう？　これまでにも何度彼のことを考え、夢に見、そばにいると感じたことか……死ぬはずがないわ！

エリザベスは青ざめた顔で、見るともなく部屋の向こうを見た。何人かの客の相手をしていた男性がそれを見つけ、近づいてきた。彼女は泣いてはいなかったのだが、目がかすんでいて、マックスが目の前に立ちどまるまで気づかなかった。

「どうかしたの、リズ？　夢遊病者みたいだけど、具合でも悪いのかい？」

「あら、マックス」エリザベスは無理に微笑を浮かべたが、口の端が引きつっていた。

マックスは隣の男に声をかけた。「パーティを楽しんでいるかい、グリーンハイム？」エリザベスの様子がおかしいのはグリーンハイムのせいに違いない、とマックスは想像したのだろう、その問いかけにはとげがあった。

「ああ、上々だよ」ミスター・グリーンハイムはひるんでいた。

マックス・アダムは大物で、すでに金持だったが、さらに金持になろうとしていた。せっかちにどこかに突き進もうとし、行き着く先も心得ていた。硬く縮れたあずき色の髪と濃い褐色の目をした、体つきの頑丈な男で、動作も言葉も攻撃的だった。マックスが経営する繊維会社は彼の成功への意欲に支えられて急成長し、エリザベスもそれに一役買っていた。人気が出て、飛ぶように売れたのは、エリザベスがデザインしたものだった。彼女のデザインは新鮮で若々しく、エレガントだったからだ。そのデッサンを初めて見たとき、マックスは〝立派なものだ〟と言い、すぐにうなずいて〝しゃれてもいる〟とつけ加えた。マックスを見ると、だれしも恐ろしい感じを受けるが、エリザベス自身は彼の威圧的な表情の裏に、純金のような心がかくされているのを知っていた。とくに彼女のことに関するかぎりそうだった。彼女についてはがみがみ言えず、ライバルの業者に引き抜かれるのをひたすら恐れて、優遇した。高い給料を払い、車を与え、オフィスの近くにマンションも用意した。それに、エリザベスがスタイルを崩さないよう、毎朝一緒にセントラル・パークをジョギングさせている。確かにマックスは細かなことにまで気がつき、保護者的で、エリザベスを大事にしていた。彼は心配そうなミスター・グリーンハイムにしかめっ面をしてみせ、それからまた彼女に視線を戻した。

「どうかしたのかい、リズ?」マックスは繰り返してきいた。

「ここは暑くて、人が多いものですから」エリザベスは一人になりたかった。デイミアンがほんとうに亡くなったのかどうか、どうやって確かめたらいいのだろう。両親が知っていたのなら、連絡してきたはずだ。だれに電話してきけばいいかしら……デイミアンが亡くなったなんて、そんなこと、あり得ないわ。

「わかった。ぼくが送っていこう」マックスはエリザベスの体に腕をまわした。「グリーンハイム、ちょっと失礼する。もっと飲んでいてくれよ」そのパーティはマックスのマンションで開かれていた。高層ビルの最上階にある彼のマンションは七室もある広さで、ニューヨークが航空写真のように見渡せる。セントラル・パークの緑のほかは一面灰色で幾何学的な模様だ。モダンで機能的な室内装飾で知られるインテリア・デコレーターに頼んで、座り心地のいい椅子や、ふかふかした絨毯《じゅうたん》を選び、部屋全体の色調も落ち着いて調和の取れた感じにしてある。

外に出るまでに何度も立ちどまって挨拶《あいさつ》しなければならなかった。エリザベスは気もそぞろで、うまく応対ができない。それに気づいたマックスはきっぱりと、しかしていねいに彼女を相手から切り離した。

エレベーターの中で、エリザベスは目を閉じ、壁に寄りかかっていた。死んだような気分だ。マックスはそんな彼女を見つめていたが、何も言わなかった。

目を開けると、十二階を過ぎるところだった。階数を示す標示板がビンゴゲームのように光っては消える。「あのデイミアン・ヘイズの絵はいつお買いになったんですの？」エリザベスはマックスの顔も見ずにきいた。

しばらくして、彼は考え深げに答えた。「二、三週間前ロンドンに行ったときに、画廊で見つけてね。気に入ったのかい？」

「ええ」デイミアンが描いているときから、あの絵が好きだった。あの絵を描く筆の動き、彼の動作の一つ一つまではっきり覚えている。彼が亡くなったなんて、うそだわ。デイミアンが亡くなっているのなら、あの絵を買うとき、マックスはその話を聞いているだろう。だが、彼にきくことはできなかった。きけば、すべてが真実になってしまう。エリザベスは真実を知るより疑っているままのほうがよかった。

「どこか心をなごませる絵だね」マックスは言った。

「ええ」

あのときデイミアンはおだやかだった。黒い瞳は優しく、口もとには温かい笑みが浮かんでいた。川岸の木陰で、せせらぎを聞き、眠くなるような陽気だった。冬至のころ海上に浮き巣を作り、風波を静めて卵をかえすといわれる伝説の鳥、かわせみのように幸せだった。その幸せは長くは続かなかったが、思い出は残った。あの絵が思い出させたのだ。悲しみに心が痛む。

「あの種の絵ならもっと買いたいんだが、まるで違った絵があってね。それは好きになれなかった。画風が変わった、と画廊では言っていたが、もとのほうがよかったのに、とぼくは言ったんだ」マックスが声をあげて笑ったので、エリザベスは唖然《あぜん》として彼を見まわした。場違いな感じがしたからだ。

「何がおかしいんですの？」

「画廊の男が、罰当たりなことを言うみたいな、ぶぜんとした顔をしていたのを思い出してね。ぼくは絵を買うつもりでいたんだが、それでも意見を言っちゃいけないらしい」マックスはまじめな顔になってつけ加えた。「しかし、画廊の男のほうが正しいのかもしれない。ヘイズは才能に恵まれていて、いつかすばらしい仕事をしたと思うんだ」マックスはエリザベスが壁に寄りかかったのを見て、言葉を切った。「おいおい、気を失ったりするんじゃないだろうね？　リズ、いったいどうしたんだ？」

「なんでもありませんわ。疲れただけです。長い期間だったけれどショーも終わったし、これで休暇が取れますわね」彼女はマックスを見て言った。「あの人は……交通事故にあったんですのね？」

マックスはとまどった顔をした。「だれが？　なんのことを言っているんだい？　ああ、ヘイズのことだね？　画廊ではそう言っていた――かわいそうに、才能があったんだが。それより、リズ、二、三週間マイアミのぼくの海の別荘に行かないか？　きみには長い休暇が必要だよ。きみがそんなに疲れているとは知らなかったが、すっかり参っている様子じゃないか」

「一カ月ほどイギリスに戻ってきますわ。もう二年も離れたままですし、ホームシックにかかったみたい。家族にも会いたいし」

「そうしたいのなら、それでもいいよ」マックスはそう言ったが、気に入らないらしい。「だが、またこっちに戻ってくるんだろう？　イギリスに行ったきりじゃ困るよ。きみとの契約はまだ二年あるんだからね」

「忘れてはいませんわ。ちゃんと戻ってきます」エリザベスは無理に笑みを作った。

「忘れちゃだめだぞ」マックスは彼女の肩に腕をまわし、エレベーターを出て、駐車場に向かった。彼は大男だが、動作は機敏だった。エリザベスは彼の肩に顔を寄せて泣きたかった。だが、そうはしなかった。青ざめた顔で黙々と歩き、陶器のように大事に車に乗せられた。

　車に乗ると、マックスは彼女の顔を見ずに言った。「きみがいなければ、ぼくはやっていけなかった。わかってるだろう、ハニー。ぼくにとって、きみは百年に一度の掘り出し物なんだ」エリザベスが答える前に、マックスは車を出していた。彼の顔が赤くなっている。彼はそんな気持をあぶないと思ったのだろう。弱みになるからだ。弱点を見せるのが嫌いな男なのだ。結婚していたのだが、いまは離婚して、高い慰謝料を払っている。相手は美しくて貪欲《どんよく》な赤毛の女性で、カリフォルニアに住み、日焼けした若い男性と次々につき合っているという。マックスは、結婚はもうこりごりで、今度また慰謝料を払うことになったら、破産してしまう、と言っていた。仕事と結婚しているようなものだったが、もちろん女性に関心がないわけではない。しかし、真剣にはならないよう努めていた。彼は女性を庭に舞う蝶《ちょう》のように扱い、ときにはわなにかけて遊ぶのだが、相手のわなにかかる前に別れた。エリザベスはマックスに好意を持たれていることはわかっていたが、決して彼につけ入らせはしなかった。だから、二人の関係はずっと仕事と、父の子に対するような保護者的な間柄にとどまっていた。

車の少ないニューヨークの通りに入ると、マックスが言った。「イギリスに出かけるのはいつにするんだ？」

「いつ休暇をくださいます？」

「いまがいちばんいいな。あと一カ月もすれば、きみは次のシーズンのデザインに取りかからなきゃならないからね。八月前に戻ってくれれば、かまわないよ」

「そうしますわ」

「そうしないと、ぼくは迎えに行くよ。きみのデザインが必要なんだ、リズ」

車がエリザベスのマンションの前に着くと、彼女はにっこりして車を降りた。「おやすみなさい、マックス」

「ぐっすりやすむんだよ」マックスは帰っていった。まだむし暑く、まわりには、街灯を反射してオレンジ色にけぶる雲を突き抜いて高層ビルが林立している。

エリザベスはニューヨークが好きだった。刺激的な二年間だったが、今夜はほかの人間がみんな重くのしかかってくるようで、疲れて悲しかった。急に故郷が恋しくなった。聞こえる音といえば、木々をそよがせる風と遠い海鳴りしかないサフォークの実家の裏に広がる原野が懐かしかった。

部屋に入ると、隣からは二人の女性の声高なおしゃべりをかき消すように、音楽を流しているラジオの深夜放送が聞こえ、上の階からは、だれかテレビ映画を見ているのか、機関銃の音がする。夜になると、騒々しいマンションだ。苦情を言っても効果はなく、かえってボリュームを上げられるのが落ちだった。

エリザベスはミルクを温めて飲み、さっとシャワーを浴びて、ベッドにもぐり込んだ。だが、眠れず、暗闇《くらやみ》の中で横たわったままデイミアンのことを考えた。涙こそ流さなかったが、目が充血し、ひりひりする。あれほど生命力にあふれ、生き生きしていたデイミアンが亡くなったとは、まだ信じられなかった。人は亡くなれば、消え去るものだ。だが、デイミアンが消え去ったことは一度もなかった。ずっとエリザベスの心の中に生きていた。亡くなったなんて、何かの間違いに決まっている。

次の朝、エリザベスは早く目覚めた。デイミアンの夢を見て汗をかき、体が震えていた。その夢は支離滅裂で、彼女は木陰や声の反響するどこともわからない部屋を追いかけっこしながら走り抜けていく。どこにも人がいて、彼女を見るとひそひそささやく。どこに駆け込んでもデイミアンが待っていて、その暗い表情と鋭い視線から逃れようとするのだが、恐ろしさと期待で足がすくむ。あるときは、ほんの一瞬だったが、木陰の草の上で彼の腕に抱かれていた。のどにキスされ、太ももを軽く撫でられると、彼女はうめいた。デイミアンにちょっとさわられただけでも敏感に感じるので、息がとまるかと思ったくらいだ。心臓の鼓動はドラムのビートのように官能的に耳に響き、エリザベスはそのまま無条件に屈し、負けてしまいたい感じになっていたが、するとまた彼を必死に捜し求めて、駆けだしているのだった。ひそひそ声が大きくこだまする。〝彼は死んだのよ〟とだれかが言い、ほかのだれかは〝彼は見つかりっこないわよ〟と笑う。そのとき、エリザベスは叫び声をあげて目を覚まし、上体を起こした。びっしょり冷たい汗をかいていた。

エリザベスはシャワーを浴びようとバスルームに入った。肌がべとつき、金髪はもつれて、頭にはりついたようになっている。鏡を見ると顔が青ざめている。これまで二年間、彼女はデイミアンから逃げてきた。それなのに、いまは彼に会うためなら、何を犠牲にしてもかまわない気持だ。だが、もう遅い。人生はなんとも皮肉なものだ。

二日後、マックスはケネディ空港までエリザベスを見送り、雑誌を何冊か彼女の腕の中に突っ込みながら、また言った。「一カ月して戻らなかったら、迎えに行くからね」

大西洋を越える旅客機の中で、エリザベスは窓の外を眺めながら、家族のことを考えた。みんな変わったかしら？　二年間は長いとはいえないが、自分自身は外面的にも内面的にも変わったと思う。髪は長くしたし、海岸で休暇を過ごす機会が多かったので、肌はつややかに焼けていた。やせて、スタイルがよくなり、服装もシックだ。エリザベス自身が会社にとっては歩く広告だ、とマックスは言い張って、ニューヨークの一流のブティックに口座を開いてくれた。デザイナー自身がすてきに見えなければ、だれが作品を買ってくれるものか、と彼は言う。

エリザベス自身は大いに変わった。だが、家族は昔のままでいてほしいと思う――子供っぽい話だ。

眼下には白く輝く雲が氷山のように浮かび、その上には青い空が無限に深く広がっている。その光景を眺めながら、エリザベスはいつの間にかまたデイミアンのことを考えていた。

デイミアンもまた無限に深く、測りがたい人物だった。エリザベスは最初に会ったときから、とまどった。何か不安だったが、それにもかかわらず、彼には魅せられた。

エリザベスは会う前からデイミアンの名前は知っていた。彼の作品がすでに美術界で知られていたというだけでなく、ロワール・バレーの伯母から近所に住む彼のうわさを聞いていたからだ。ロワール・バレーは排他的な狭い社会で、デイミアンはそこでは有名だった。フラー伯母は誇らしげに彼のことを話したものだ。

だが、エリザベスが最初にデイミアンに会ったのはパリで、絵の先生が開いたパーティの席だった。彼女はそのとき二十一歳、絵の勉強をしていた。デイミアンが混み合うパーティの部屋に入ってきたときから、彼に見とれていた。だれかに彼を紹介してもらうのに三十分もかかってしまった。あとでデイミアンにその話を打ち明けると、彼は声をあげて笑った。「そんなに心配することなかったんだよ。ぼくのほうからきみのところへ行こうと思っていたんだ」

エリザベスはその言葉を信じなかった。自分が特別な人間ではなく、ブロンドの髪をポニーテールにし、化粧もしない顔に明るい緑色の瞳だけが熱っぽい、やせた小娘であることがわかっていたからだ。みすぼらしいジーンズにぴったりしたセーターを着て、美術学校のほかの学生と変わりなかった。デイミアンもセーター姿だったが、こちらは細い体によく似合うオリーブ色のカシミアで、いかにもフランス風でシックだった。彼はすてきだった。みんなが自分を印象づけようとしている中で、デイミアンはきわめて個性的で目立った。だれもが彼に注目し、彼の話を聞こうとした。そばにいる者をだれでも引きつけた。そしてエリザベスは一目ぼれしてしまったのだ。

彼女が絵の話を始めると、デイミアンはおかしそうだった。「まず人生を生きること、絵はそれからだよ」その晩、彼はエリザベスを自分の部屋へ連れていった。「絵は触覚、実体の感じがなくっちゃね」そう言いながら、デイミアンは彼女に手を触れた。女性としてではなく、自ら発見し、所有し、楽しむべき、何か感覚に訴えるものとして扱った。

エリザベスに警戒心が働いた。「わ、わたしは一緒にベッドに入ったりはしません。まだ知り合ったばかりですもの」彼女は赤くなり、どもりながら言った。

強引にというわけではなかったが、デイミアンは愛撫《あいぶ》とキスをつづけた。彼の手で、エリザベスは鋳型《いがた》にはめ込まれるプラスチックのように熱く柔らかく自由にされた。そんなふうになる自分を初めて発見していた。まるで催眠術にかけられたみたいだった。彼女はデイミアンを愛しすぎた。愛しすぎは間違いのもとだ。デイミアンの愛は片寄っていた。独占欲があまりに強く、すべてを包み込む大きな愛ではなかった。彼は初めから裏切りを予想しているのだ。ベッドをともにしないというエリザベスの抵抗はくじいてしまうのだが、思いを達すると、今度は彼女を信用しない――自分に屈すれば、ほかの男にも許すのだろうと考えてしまう。彼はその考えに取りつかれ、ひたすら暗くなる。エリザベスはその暗さが怖かった。彼の暴力に耐えられなかった。最後には逃げ出したのだが、彼を捨て去るのはつらく、いまでもその心の傷がうずく。

旅客機が空港に着陸したときは、もう午後の遅い時間だった。ロンドンは霧が深く冷え冷えとしていて、ニューヨークのひどい暑さのあとだけに、体が震えた。薄いリネンのスーツだけだったので、エリザベスはセーターを着てくればよかったと思った。税関の手続きをすませるのに三十分かかったうえにタクシー乗り場には長い行列ができていた。ようやくロンドンの兄の家に着いたときには、すっかり疲れていた。兄のデイビッドは石油会社の会計課に勤め、勤務時間は長いが、給料は高く、イズリントンの馬屋を改造したしゃれた家に住んでいる。青と白に塗り分けた小さな家には一、二階とも窓に濃い青のロベリアとローズゼラニウムの植木鉢が飾ってある。

タクシーがとまると、家のドアが開き、デイビッドの妻のヘレンが赤ん坊を抱いて現れ、にっこり笑った。「着いたのね。空の旅はいかがでした？　久しぶりに国に帰って、どんな気分かしら？　あら、すっかり日に焼けているのね？」

「こんにちは、ヘレン、お久しぶり」エリザベスはよろよろしながらスーツケースを小さな玄関に運び込んだ。

「そこに置いておいて。デイビッドが帰ったら、部屋に運ぶわ」ヘレンは小柄で身長が一メートル五十センチ余りしかなく、カールした金褐色の髪と、気分によって緑や青や黄色に変わって見える、温かな茶目っけのある目をしている。

「この赤ちゃんがグレタ？」エリザベスは、こぶしを口に入れ、ぐずっている赤ん坊を見て言った。

「だれだと思ったの？」ヘレンは子供を差し出した。赤ん坊は母親にしがみつき、泣きだした。「ほら、抱いてごらんなさい。かみつきやしないわ。まだ歯も生えていないし、大丈夫よ」

「信じられないわ」エリザベスは用心しながらグレタを抱き上げた。タルカムパウダーとミルクのにおいがする。骨がないみたいに柔らかで温かい。真ん丸の怒った青い目でエリザベスを見上げ、口を開けているが、歯茎だけで歯はない。「かわいいじゃない？」エリザベスはそう言って、兄に似ているところはないか、とばらの花弁のようなしわくちゃの赤ん坊の顔をのぞき込んだ。だが、ちっとも兄には似ていなかった。「あなたに似ているのね」そう言われて、ヘレンは気分をそこねたようだった。

「デイビッドに似ているのよ。鼻とあごはそっくりよ」

「まあ、かわいそうなおちびちゃん！」エリザベスがからかうと、ヘレンはつんとして笑った。

「わからない？　みんな父親似だって言ってるのよ。さあ、入っておかけなさい。お湯を沸かすわ——本物の紅茶が飲みたいでしょう？　一度だけニューヨークに行ったことがあるけど、中国茶なのね。おがくずをシチューにしたみたいで、色も洗い物のあとの水みたいだし、飲めなかったわ」

「向こうでは、わたしはレモンティにするの」エリザベスは小さなキッチンに入り、赤ん坊を抱いたまま、テーブルについた。グレタはエリザベスのスーツのボタンをしきりに口に入れようとしている。それを見つけて、ヘレンが舌打ちし、グレタを引き取った。

「乳母車に入れるわ。お乳をあげたばかりだから、もうお昼寝の時間なの」

ヘレンは子供を寝かしつけて、戻ってきた。

「デイビッドはきょうは早く帰ってくるはずよ。あなたに会えるのを楽しみにしていたから。ニューヨークがどんなだか、聞かせてよ――ニューヨークに住めて、あなたってほんとに幸せね、すてきでしょうね！」そう言って、彼女は満足そうに部屋を見まわした。

「だけど、わたしはここの生活がいやだと言ってるわけじゃないのよ。十分満足しているもの。ただ、ほかの人がどうしているか聞くのは、楽しいでしょう？」

　エリザベスはヘレンがうらやましかった。ヘレンの襟には卵の黄味がついているし、髪はもじゃもじゃだ。緑色のドレスも二年前に着ていたもので、いまは洗って色あせている。少し疲れている感じだが、それでも幸せそうで、瞳は明るく、いつも笑みを絶やさない。

「あなたからのお手紙、いつも楽しく読ませてもらってるのよ。マックスはすてきな人みたいね、火の玉みたいで。デイビッドはいつも、あなたは結局マックスと結婚するって言っているわ。お手紙にいつもマックスのことが出てくるんですもの」

「わたしたちはそんな関係じゃないのよ。マックスが聞いたらびっくりするわ」

「彼はもう結婚しているの？」

「それどころか、離婚して慰謝料を払っているのよ。再婚する余裕なんかないわ」

「だけど、あなたは彼が好きなんでしょう？」

「好きよ、一緒に仕事をするにはこれほどすばらしい人はいないくらい。だけど、結婚となると、絶対だめね」

「あなたったら、アメリカ風のアクセントになってしまったのね」ヘレンがいくらか非難がましく声をあげた。

「そうかしら？」エリザベスは自分ではちっとも気づかなかったが、二年もアメリカにいるうちに、変なイントネーションが移ってしまったのだろう。

「いつまでこっちにいるの？」

エリザベスは笑った。「もう追い出すつもり？」

「とんでもない。あなたが帰ってきて、みんな喜んでいるのよ。ただ、ずっとこっちにいるのかと思って……」

「あと二年は向こうで契約が残っているの——今度は休暇よ」そのとき、玄関で鍵《かぎ》を開ける音がした。

「デイビッドよ！」ヘレンは目を輝かして、迎えに立ち上がった。夫に抱きつきながら、ヘレンは言っていた。「リズが帰ってきたわ、無事に」

二人は結婚して二年余りになるのだが、まだ新婚の夫婦みたいだ。エリザベスは、デイビッドが結婚すると言ったとき、両親が必ずしも手放しで喜ばなかったのを思い出していた。兄はヘレンと知り合ってからほんの一カ月にしかならないときだったので、両親はきっとあまりの早さにびっくりしたのだろう。

「ヘレンはまだ十九歳だ。どうしてあと一年くらい待てないんだ？」父が言うと、デイビッドは決心した顔でかぶりを振った。

「わかっているよ。だけど年齢は関係ないだろう？　書類のうえでは、確かに彼女は十九歳だけど、精神的にはすっかり大人だし、それが大事なことなんだ。それがわかっていて、どうして待たなきゃならないんだ？」

そのときデイビッドは二十四歳だったが、両親と意見を交わす兄はずっと大人に見えた。兄の言ったとおり、結婚はうまくいき、二人は幸福そうだ。

兄が顔を向けたので、エリザベスはほほ笑んだ。「こんにちは」

「元気そうだね、会えてうれしいよ。最後に会ったときより、ずっと元気そうだ」

エリザベスの笑顔が消えた。それを見て、ヘレンがさっとデイビッドの腕をつかみ、たしなめるように目くばせした。「彼女の日焼けを見てごらんなさい。ニューヨークにいて、どうしてあんなに焼けるのか、さっきから考えているのよ」

その晩、三人はアメリカの話ばかりしていたが、ヘレンが二階で赤ん坊にお乳をあげているときに、エリザベスは兄にきいた。「デイミアンが亡くなったこと、聞いている？」

デイビッドが鋭い視線を向けた。「どうしてわかったんだ？」

「それはいいけど、やっぱり知っていたのね？　どうして知らせてくれなかったの？」

「おまえは手紙でも彼のことには一言も触れていなかったし、過去のことは掘り返したくなかったからだよ。デイミアンのことは忘れてしまったほうが、おまえにとってはいちばんいいと思ったんだ」

エリザベスは暖炉の電熱器の火を見つめた。ロンドンの街は冷たく灰色で、彼女は真冬の故郷に帰ってきたような気がして、震えた。「何があったの？　事故だったの？」

「フランスで交通事故にあったんだ——新聞の小さな記事を見ただけで、詳しいことは何も書いてなかったよ。向こうで埋葬されるとは書いてあったけど」

「フランボワーズに？」

「そう。変わった地名だね。どういう意味なんだい？」

「秋になると、森が燃えているように、木の葉が赤とオレンジ色に色づくの。〝燃える森〟という意味よ。すばらしい景色で、デイミアンも何度か描いたわ。彼は、後ろにその森のある川べりの古い塔に住んでいたの。人里離れていて、絵描きが住むのにぴったりのところよ。だれにも邪魔されずに、一日じゅう絵を描いていられたもの」

「ぼくだったら寂しすぎるな」

「デイミアンは孤独を愛したわ」エリザベスは背筋が寒くなった。「わたし、疲れたから、もうやすみます。長い一日だったわ。飛行機は嫌いよ。とくに大西洋を飛ぶときはね、永久に飛び続けているような気がするの」彼女は立ち上がった。

「大丈夫かい、リズ？」

「大丈夫よ。疲れただけだから。おやすみなさい。帰ってきてよかったわ」

「おまえが戻ってきて、ぼくもうれしいよ。父さんも母さんもすっかり夢中でね、会うのが待ちきれないくらいだと思うよ。土曜日にみんなで会いに行くと約束したんだ。あしたはヘレンに一日じゅう引っ張りまわされないようにしたほうがいいよ。毎日グレタを連れて遠くまで散歩に出るらしいんだ。ジョギングより乳母車を押すほうが健康にいいとか言ってね」

自分の寝室に入る前に、グレタの部屋をのぞくと、赤ん坊はベビーベッドに寝かしつけられるところだった。ヘレンが唇に指を当てたので、エリザベスは黙ってほほ笑み、手を振った。寝室はどれも小さく、黒っぽい木の梁《はり》が天井にはめ込まれている。歩くたびに床がきしむ。エリザベスはベッドに入り、明かりを消した。すぐ眠りにつき、デイミアンの夢を見た。遠くに彼が見え、名前を呼びながら追いかけるのだが、振り返りもしない。彼はエリザベスにも気づかずに立ち去ってしまった。

週末に、デイビッドの運転する車でサフォークに向かった。エリザベスは助手席に座り、ヘレンとグレタは後ろの座席に乗った。グレタはほとんど眠っていたが、両親の家に着くころになると、ぐずり始めた。ヘレンがおもちゃであやそうとするのだが、だめだった。

娘がおもちゃを投げ捨ててむずかりだしたので、デイビッドが肩越しに声をかけた。

「どうしようもないちびだね」

「お腹《なか》がすいているのよ」車が両親の家の前にとまると、ヘレンは赤ん坊を抱き上げながら言った。「さあさあ、マダム、もうすぐお食事でございますよ」

「ぼくがスーツケースを運ぶよ」そう言って、デイビッドは車のトランクの方へまわった。スーツケースには、おむつや哺乳《ほにゅう》びんや着替えなどグレタの必需品が全部詰め込んである。兄がそれを家に運ぶのがエリザベスにはほほ笑ましかった。

「リズ！　裏庭で鶏に餌《えさ》をやっていたら、車のとまる音が聞こえたものだから」母が小走りに出てきて、エリザベスを抱き、それから体をそらして、じっと見つめた。「とてもスマートに見えるわ、ドレスもすてきだし。日に焼けたんじゃないの？　休暇を取っていたの？　知らせをもらってから、そわそわしてね。お父さんもそうよ。お父さんは村まで買い物に行ってるけど、すぐ戻ってくるわ。そんなところに立っていないで、さあ、お入りなさい。あなたが帰ってくるなんて、なにより！　二年といえば、長いのよ。なぜ去年は帰ってこなかったの？　だけど、こうやって帰ってきたんだし、元気そうだから、もういいわ。アメリカが肌に合うのね」

母親のミセス・ガーディナーが立てつづけのおしゃべりをやめたときには、みんなはもう日当たりのいい大きなキッチンに入っていた。エリザベスは満足そうにまわりを見まわした。広い出窓には、しっぽの先が白い大きな赤毛の猫、サムソンが眠っている。素知らぬ顔で、しっぽを少し振り、片目をわずかに開けて、だれが来たのか確かめた。サムソンは用心深い雄猫だが、いったんねらいを定めたら、必殺の攻撃力を見せ、サムソンが近くにいると、ねずみはひげ一つ動かそうとしない。

「顔を見せてちょうだい」ミセス・ガーディナーはやかんをかけると、またエリザベスを見つめた。

「だめよ、今度はわたしが見る番」エリザベスは笑ってやり返した。

母親は白髪としわがいくらか増えたようだが、細いしかめっ面は変わらず、目つきは抜け目なく、口もとは優しかった。楽天的な女性で、サフォークの村はずれにある古い木造のこの家や、吹きさらしの庭、それに二階から眺める海の景色が好きだった。ときどき心配もさせられるが、夫と子供たちを愛し、日々は活気に満ちている。庭いじりや料理、それに教会のバザーで売るパッチワークのクッションやキルトも作る。あとは買い物や友達を訪ねてお茶を飲む毎日だ。

「あなたがニューヨークに住んでいるなんて、世界は日に日に狭くなっていくものね。わたしは三十歳になるまで、ロンドンに行ったことさえなかったのに。それが、あなたときたら、あとさきの考えもなしに大西洋を往復するんだから。びっくりしてしまうわ、ほんとに！」

「お父さんと一緒にわたしに会いにニューヨークへ来なきゃね」エリザベスがそう言うと、母親は赤くなった。

「はるばると？　そんなお金はないわ。わたしたち夫婦はお金には縁がないものね」

「お金はわたしが……」

「だめよ、年を取って、もう飛行機になんて乗れないもの。地上にいたほうが、安全よ。あら、お父さんの車だわ――迎えに出てごらん、リズ。お父さんもすごく会いたがっていたんだから」

前庭に出ると、父親は木戸を開けるところだった。腕いっぱいに紙袋や包みをかかえている。

「リズ！」

「ただいま、お父さん」エリザベスは包みをかかえたままの父親を腕を広げて抱き、つま先立ってキスした。

父親のジョン・ガーディナーは身長が一メートル八十センチを越え、ほっそりして、話し方も歩き方もゆったりとしている。かつては黒かった髪もいまは鉄灰色だ。瞳はまだ濃い青で、好奇心にあふれ、生き生きとして温かい。彼は昆虫から燃焼機関までなんにでも興味を示し、そうした態度が精神の若さの秘密のようだ。自分の狭い世界から外へ出ようとせず習慣を守り通す母よりも、ずっと新しい考えを受け入れる。

「故郷に戻って、どんな気分かね？　何もかも小さくて色あせて見えるだろう？　ニューヨークはまったく違っているだろうが、おまえの手紙を読むと、おまえがニューヨークの生活を気に入っているのはわかるよ」

「毎日がおもしろくてたまらないわ、お父さん」

「社長はどうかね？　彼もすばらしいのか？」

エリザベスはつんとしてみせた。「ヘレンもわたしたちをくっつけようとしたわ」

「そんなことはわたしは考えもしなかったよ」ジョンは笑った。

「それならいいけど。でないと、見当がはずれるわよ。マックスとわたしはお互いそんな意味で関心を持っているわけじゃないもの。だから、そんなことは忘れてね」

買い物袋の一つを受け取り、エリザベスが歩きだすと、父親がきいた。「それで、デイミアンのことだが……いまはどんなふうに思っているんだね？」

「何も聞いていないの？　ただ……」

「知っているのか？　デイビッドが話したのか？」

「いいえ、ニューヨークで聞いたの。どうして知らせてくれなかったの？」

「あの男のことは忘れるのがいちばんだと考えたんだ。おまえはひどい目にあったからね、リズ。あの事故は気の毒だった。だが、そのことでまたおまえを動揺させたくはなかったんだよ。デイミアンはもうおまえの生活とは関係なくなっていたんだからね。冷たいことを言うようだが、しかし……」

「わかってるわ」エリザベスの顔は青ざめていた。

「おまえは……まさかいまも……あの男には特別な気持はないんだろう？」

「自分の気持がわからないの」エリザベスはそう言って家の中に入った。

キッチンでは母と兄夫婦が磨き上げた古いテーブルを囲んでいた。テーブルの真ん中には、しゃくやく、ばら、それにきんぽうげを生けた花びんが置いてあり、そのまわりに、自家製のパンケーキやフルーツケーキ、それにいちごが皿に入れてあった。エリザベスは初めて自分の家に帰ったという気がした。

「ビッキーは？」エリザベスは言った。

「大学のお友達と一緒に住んでいるんだけど、あしたは戻ってくるわ」母親がティカップを渡しながら答えた。

「あれも大きくなってね、わたしもびっくりするくらいなんだ。おまえも見違えるはずだよ」父親が言った。

「あなたがびっくりして手がつかないのは、働くことでしょう。お茶を飲んだら、芝でも刈ってください。草が耳の高さまで伸びて、あそこへ入ったら、方角もわからないわ！」

「なぜそんな大げさなことを言う？」ジョンはそう言って、パンケーキにジャムを塗った。

「自分で全部食べてしまう前に、リズにもパンケーキをあげたらどうです？」ミセス・ガーディナーは夫をしかった。

言われるままに、父親は娘にパンケーキを差し出した。エリザベスはにっこりした。

「グレタのほっぺが赤いわね――歯が生えてきたのかしら、ヘレン？」ミセス・ガーディナーがそうきくと、ヘレンはすぐ赤ん坊の話に夢中になった。

ジョン・ガーディナーはデイビッドにジャムを手渡しながら言った。「最新のクリケット試合のスコアを見たかい？　弱々しいなんてものじゃないよ。わたしに言わせれば、まるでボールの打ち方を忘れている……」

エリザベスは頬に日ざしの暖かさを感じながら、家族の会話ってなんと平凡で懐かしいのだろう、と思った。ニューヨークの生き馬の目を抜く生活とは大違いだ。ニューヨークにいたことが信じられなかった。警官の笛や車の警笛がこだまするビルの谷間の人混みを、どんな気持で押し分けて進んだのか、思い出すこともできなかった。

その晩、エリザベスはすぐ眠りについたが、次の朝早く、かすれた叫び声をあげて目を覚まし、上体を起こした。デイミアンの夢を見て混乱し、震えていた。彼女はデイミアンと一緒にいたのだ。彼の姿がまだ鮮やかに脳裏に焼きついていた。デイミアンのこわばった顔は、頬骨が高く、野性的な黒い瞳と攻撃的で冷笑するような眉を際立たせている。何か抑えきれない衝動を秘めた忘れがたい顔だ。デイミアンは個性的で、自分の流儀で生活し、感情の激しい男だった。あんな男性とは二度とめぐり会えるとも思えない。

だが、エリザベスが体が震えるほど恐ろしかったのは、デイミアンの顔ではなかった。思い詰めたような黒い瞳と声だった。その声は〝きみを行かせはしない。きみはぼくのものだ。だれにも渡しはしない。聞いているのか？　だれにもだ。きみを行かせはしない〟と言っていた。

デイミアンがそんなことを言ったことがあるかどうか、エリザベスは夜明けの薄暗がりの中で考えていた。はっきりしなかったが、以前そんなことを言うのを聞いたような気もした。そこではっきり目が覚め、彼女の口から叫び声がもれた。〝きみはぼくのものだ、ぼくのものだ、行かせはしない〟その声が頭の中でこだまし、エリザベスは恐ろしさで体が冷たくなっていた。

2

次の日の日曜日、デイビッドとヘレンがロンドンへ帰ろうとしていたとき、ちょうどビッキーが家に戻ってきた。ビッキーはエリザベスと抱き合い、うらやましそうに見つめた。「すてき、シックじゃない？　不公平だわ！」

エリザベスは声をあげて笑った。子供のころの言い争いを思い出したのだ。妹は一日に何度も〝不公平だわ〟と言って泣いたものだ。にきびのできた十六歳の少年との初めてのデートで、エリザベスがパーティ用のロングドレスを着たときもそうだった。その少年にエリザベスはお相手として初めてキスされ、箱入りのチョコレートももらった。とはいえ、少年はその箱を開け、自分からチョコレートを食べ始めてしまったけれど。

ビッキーが今度はグレタを抱き上げた。「かわいいわね！　食べてしまいたいくらい」

ヘレンがあわてて赤ん坊を取り上げた。デイビッドがにやりとして言った。「人食い人種！」ビッキーが舌を出してみせると、彼はさらに追い打ちをかけた。「おまえと結婚する男は気の毒だな――人生をめちゃくちゃにされちゃうよ」

「それどころか、天国よ！」ビッキーはやり返して椅子にどすんと腰を下ろし、両腕を頭の後ろにやった。しなやかで危険なブロンドの猫のようだ。「テクニックは全部本を読んで知っているんだから！　最近の大学ではいろんなことを教えてくれるから、びっくりするわよ！」

「ぼくだったら、そんなことは自慢にしないね」デイビッドはビッキーを軽くにらんで言った。

「そうよ、ビッキー、いけませんよ」母親がたしなめた。

ヘレンが声をあげて笑った。「デイビッド、あなたはからかわれているのよ。あなたのユーモアのセンスはどこへいったの？　ビッキーを知っているでしょう、言うだけで、何もできないんだから」

「だあれ、わたしの評判を落としているのは？」ビッキーが言った。

「それじゃ、ぼくたちはそろそろ帰ることにするよ」デイビッドはそう言って立ち上がった。「リズ、ロンドンに来たかったら、いつでも電話をくれ、歓迎するからね。ベビーシッターがやれるよ」

「まあ、うれしいこと」ビッキーがだれに言うともなく言った。「お兄さんたら、うちへおいで、奴隷として使ってあげる、ですって」

「うるさいぞ」デイビッドは妹にそう言うと、グレタのものを集め始めた。「用意はできたかい、ヘレン？」

「ええ、できたわ」デイビッドのあとについて玄関に向かいながらヘレンは言った。「それじゃ、みなさん、さようなら」デイビッド夫婦は帰っていった。

ビッキーがエリザベスに顔をしかめてみせた。「お兄さんときたら、ヘレンをいいように使っているんだから。オフィスから帰れば、夕食は食卓に用意してあるし、洗濯したシャツは衣装だんすにかけてあるんだもの――デイビッドがヘレンをそうさせるようにしちゃったのよ」

「ヘレンはとても幸せそうに見えるけど」エリザベスは言った。

「それが悔しいところなのよね。彼女ときたら、有頂天なんだから。鎖につながれているのが好きで、夜となく昼となく、亭主にまつわりついているんだもの」

父親がエリザベスにウインクしてみせた。「ビッキーはフェミニストのつもりらしいからな。そのうちに母親を説得して、わたしをトランク一つで家から追い出しかねないよ」

「だれがデイビッドをあんなふうにしてしまったの？」ビッキーがきいた。

「おまえたちの母親だよ。生まれたときから、かかりっきりで、息子には皿洗いもさせなかった」

「そのとおりだわ」ビッキーが思いついたように言った。「お父さんがお母さんを追い出すべきね」

「それを考えているところだよ」ジョンはそう言って、にやりと笑った。

「わたしたちで夕食の用意をして、お母さんがいなくてもすむことを見せつけない？」エリザベスがからかい半分に言った。

「それはいい考えね」ビッキーが乗ってきた。「スパゲッティを作りましょうよ。大学の友達でイタリア人の男の子から、おいしいソースの作り方を教わったの。オニオンとトマトとベーコンの切れ端を使ったソースはこの世のものとは思えないわよ。彼は安上がりの下宿暮らしをしているけど、食べ物は王さま並みなんだから。女の子は彼とのデートをねらって、行列を作っているくらいよ」

「女の子も昔とは違って、このごろは欲得ずくだ」ジョンがぐちをこぼした。

「お父さんも政府の老齢年金で暮らすようになれば、現実的になるわ」ビッキーは腰に手を当て、辛辣《しんらつ》に言った。

「胸が悪くなるよ！」父親は鼻息を荒くして言った。そのとき、息子夫婦を送り出した母親が戻ってきた。「どうしたの？」

「聞かんほうがいい。おまえにはショックだろうからな」

「わたしはそう簡単にショックは受けませんよ」母親は疑わしげにビッキーを見た。「今度は何をお父さんに言っていたの？」

「お父さんと一緒にテレビでも見ていない？　リズとわたしで夕食は作るから」

「とんでもない！　何を作るつもり？　トーストにお豆をのせるだけじゃないでしょうね？」ミセス・ガーディナーは驚いたふりをして言った。

「ご心配なく。だけど、お年にしては、ひどいことをおっしゃるのね！」ビッキーが言った。

「わたしはまだもうろくはしていませんよ。いまでも平手打ちをしてあげられるのよ」

「さあ、行こう」ジョンは妻の肩に腕をまわした。「娘たちにまかせて、腕前を見せてもらおうじゃないか」

両親がキッチンを出ていくと、ビッキーは母親のエプロンを取り出して、細い腰に巻きつけた。彼女は小柄で、身長は一メートル六十センチ足らずしかない。だが、そのわりには均整が取れていて、ぴっちりしたジーンズと明るいピンクのコットンのTシャツで体の線が強調され、胸もはち切れそうだ。ブロンドの髪を二つに分け、ピンクのサテンのリボンで結んでいる。〝シャーリー・テンプルみたいだ〟とデイビッドがからかったとき、ビッキーはにらみつけたものだが、その髪型はハート形の顔によく似合った。何を着ていようと、彼女は目立った。平凡な壁の花という存在ではないのだ。

「ニューヨークの住み心地はどう？」ビッキーがオニオンを取り出しながらきいた。

「すてきよ……あなたのほうは学位は取れそうなの？」

「運を天にまかせるしかないわ。試験は思ったよりやさしくて、質問にはほとんど答えられたけど」

「うまくいきそうね」

「そんなにうまくいくとはかぎらないわ」ビッキーは顔をしかめた。

「悲観的になっちゃだめよ」

「現実的なのよ。ことわざにもあるでしょう――〝取らぬたぬきの皮算用〟とか〝用心には用心を〟とか。だけど、今度の学期はこれまで遊んだ分の埋め合わせに、頑張ったの。ほんとに、必死だったのよ。こんなに集中したことはなかったわ。もう二度とあんなふうにはできそうもないから、試験にはパスしたいの」ビッキーはオニオンを刻み、トマトを湯がき始めた。「いまは長い休暇がほしいだけ。フラー伯母さまに一週間ぐらい遊びに行ってもいいか、手紙を書いてきいてみようかしら――伯母さまは一人で寂しいから、いつも誘ってくださっているでしょう」

　ベーコンをいためていたエリザベスはその手をやすめ、窓の外を眺めた。夕日が沈みかけていて、空はオレンジ色に染まり、あたりは夢の国のような明るさだ。

「こっちにいる間に一度訪ねてみようかと思っているんだけど」エリザベスは言った。

「じゃ、一緒に行かない？　伯母さまの家にはあいた寝室も二つあるわ。お父さんとお母さんに初めて連れていってもらったときのこと、覚えてる？　二週間いて……ほんとに楽しかったわ」

エリザベスは黙っていた。ビッキーは姉が、刻んだオニオンと湯むきしたトマトをフライパンに入れるのを見ていてから言った。

「でも、お姉さんは一人で行きたいと思っているの？」

「ううん。フラー伯母さまがいいとおっしゃったら、あなたと一緒に行きたいわ」

「じゃ、そうしましょうよ。わたしはロワール・バレーが大好きなの。レンタカーを借りて、お城めぐりをしてもいいわ。わたしは貯金もあるし」

ビッキーは学期休みにはアルバイトをして、貯金をしていた。陽気でにぎやかなので、誤解されがちだが、堅実なところがあるのだ。試験もパスしているに違いない、とエリザベスは思っていた。ヘレンが言っていたように、ビッキーは言うこととすることが違うのだ。外見が派手だから、男性にデートを申し込まれることも多く、彼女自身も誘われるのが好きだった。

湯が沸き、エリザベスはスパゲッティをゆで始めた。ビッキーがテーブルの用意をしながら、肩越しに声をかけてきた。「デイビッドから聞いたけど、デイミアンは亡くなったのね……つらかったでしょうね。ほんとにロワール・バレーに行きたい？　つまり、またつらい思いをするかもしれないのに、わたしが言いだしたせいで、無理にお姉さんも一緒に行くんだったら悪いんじゃないかと思って」

「わたしは一人でも行くつもりよ」エリザベスはきっぱりと答えた。

「亡霊は墓に戻すのがいちばんですものね」ビッキーがつぶやいた。

それを聞くと、エリザベスは青ざめ、体が震えた。後ろ向きだったので、妹に見られなくてよかった、と思った。エリザベスはわざと気軽に装ってきいた。「そんなこと信じているの?」

「亡霊のこと?」パルメザンチーズのおろし器を捜して戸棚の中を引っかきまわしながら、ビッキーはきき返した。「そうでもないわ、まだ亡霊にはお目にかかったことないもの。お姉さんは?」

「とんでもない!」あんまり強く否定したので、エリザベスは妹が振り向いてじっと見つめているように感じた。「亡霊なんて、みんな想像の産物よ。ハムレットも父親の亡霊に話をしたと自分で想像しただけだと思うわ。叔父に疑いをかけていて、それを確かめたかったから、父親に会って確かめた、と信じたのよ」

「良心がとがめていたのね」

エリザベスはびっくりした。「なんですって?」

「ハムレットよ――ハムレットは父親のことでやましいところがあったから、悪い夢を見たのよ。わたしはそう思うの。だから、いつも頭の中に亡霊が現れて、悩まされるんだわ」

「頭の中にいつもかたきが現れては、怖いわね……自分を憎んでいる人がいるだけでも大変なのに、その人が頭の中に巣くってしまったら、あなたはどうする?」

ビッキーはソースをかきまぜていた。材料が全部加わって、おいしそうなにおいだ。

「デイミアンの亡霊に悩まされているの、リズ?」そっと小鳥をつかまえるように低く抑えた声できいた。

「鋭いのね!」エリザベスはかすれた声をあげて笑った。

「やっぱりそうなの? 亡霊に悩まされたりしちゃだめよ。お姉さんのせいじゃないんだもの。デイミアンはむずかしい人だったわ。彼の嫉妬《しっと》は病的よ。嫉妬される理由はなかったんでしょう?」ビッキーは青ざめた姉の顔を見つめた。「そうよね?」

「そうよ。わたしには彼しかいなかったわ。だけど、デイミアンも自分の頭の中にかたきが巣くっていたのよ。わたしがほほ笑みかける男性はみんなわたしの恋人だ、と思い込んでいたわ。わたしが何を言っても、聞き入れようとはしなかった。わけもなく怒りを爆発させて、わたしは話しかけることさえできなかったわ。最後には一緒にいることもできないぐらい怖くなって」

「暴力を振るったの?」

「腕力を使ったかっていう意味? 一度か二度はなぐられたけど、そうじゃないの——彼の顔や声、それにわたしを見る目つきが、わたしを憎んでいるみたいだったの。愛と憎しみは紙一重だけど、デイミアンの場合は、ときどき愛憎が交錯するのよ」

「恐ろしいのね……さあ、できたわ。お母さんたちを呼んでくるわね」ビッキーはキッチンを出ようとして、振り返った。「お姉さんはデイミアンと別れてよかったのよ。やましいことなんか何もないわ。ほかにどうしようもなかったんですもの。逃げ出さなかったら、どうなっていたかわからないわ。お姉さんがアメリカに渡ってほっとしたってお父さんも言っていたくらいよ。あのあとデイミアンが怒り狂ってやってきて、いろいろ脅したことがあったの。お父さんは、お姉さんがどんなにつらかったか初めてわかったって言っていたわ」

「デイミアンが訪ねてきたなんて、お父さんは言わなかったわ」

「そうよ。お姉さんには内緒にすることにしたんですもの。優しいでしょう？　お母さんは雌鶏《めんどり》みたいに言い立てていたわ。デイミアンがお姉さんを捜し出して締め殺してしまうんじゃないかと心配したのね。彼が死んだからといって、考え込んだりすることないのよ。お姉さんは何も悪いことはしていないんだから」

ビッキーが出ていったあと、エリザベスは宙を見つめていた。ほんとうに何もやましいことはないのだろうか？　それをはっきりさせたいと思った。

次の朝ビッキーがした電話に、フラー伯母から〝すぐいらっしゃい〟という返事があった。

ビッキーはその知らせをきいてはしゃいだ。「わあい、行けるんだわ。ほんとに行けるのね！　伯母さまって、すてきじゃない？」

「どうやって行くんだ、飛行機か？」父親がきいた。

「まず海峡横断のフェリーに乗れるかどうか確かめてみるけど、この季節だから、無理かもしれないわね。そうしたら、飛行機しかないけど、それだと運賃は高いし、向こうではレンタカーも必要だし」

「わたしの車を貸してあげるわよ。めったに使わないし、二週間ぐらいなら大丈夫だから」母親が口を出した。

「わあ、天使のような優しさね！」ビッキーは母親に抱きついて言った。「あとはフェリーの予約が取れさえすれば……ありがとう、お礼に今夜は食事のあと片づけをしてあげるわ」

　水曜日のフェリーの便を予約することができた。その日の朝は早くから激しい雨だった。高速道路はすいていたが、エリザベスは慎重に車を走らせた。窓ガラスに打ちつける雨をワイパーがせわしなく払いのける。

「幸先のいいスタートじゃないわね」ビッキーが言った。

「フランスに行けば、天気もよくなるわよ」

「そう祈りましょう。大雨の中の観光じゃ、さまにならないもの。お姉さんだって、アメリカにいて、フロリダにでも出かけたほうがよかった、と思ってしまうわよね」

「そんなことないわ。わたしはホームシックにかかっていて、家族に会えてうれしかったもの。ほんとに寂しかったのよ」

ようやくフェリーに乗り込み、船内の朝食の席についたときには、エリザベスはすっかり疲れていて、食欲もわかなかった。だが、ゆっくり食事をしているうちに元気も出てきて、食後は甲板に出た。向こうにはもう霧のかかったフランスの海岸が見える。天候は相変わらずで、フェリーは砕ける波に揺れ、風が妖精《ようせい》の泣き声のような音をたてて吹きつける。

フランスのカレーに着き、車を走らせ始めたときは、もうお昼を過ぎていた。エリザベスは運転に集中した。車が右側通行になったからで、初めは慣れるためにゆっくり運転した。

「すぐお昼にする？　それともまだ大丈夫？」エリザベスがきいた。

ビッキーは目を閉じて座席に寄りかかったまま、肩をすくめた。

「まだお腹《なか》はすいてないわ。フェリーが揺れたから、胃袋がひっくり返ったみたい」

「ひどかったわね」

「ひどいなんてものじゃなかったわ！」ビッキーは青ざめ、ブロンドの髪も潮風に吹かれてべとついていた。同じブロンドでも、ビッキーは濃い黄金色で、エリザベスのはいくらか銀色がかっている。

最初見たときは、二人はなんとなく似ているのだが、やがてほとんどの人が、容貌《ようぼう》も性格もまるで違う、と言うのだった。ビッキーは外向的で活発だが、エリザベスは内省的で静かだ。しかし、その冷静な表面の裏に激しい感情を秘めている。エリザベスは運転しながら横目で妹を見、ビッキーは幸せだわ、とため息をついた。妹は素直に自分の気持を口に出し、ほかの人との関係も割り切っている。思うようにならないと、切り捨ててしまう。エリザベスは自分もそうできればいいのに、と思う。彼女はこだわってしまうのだ。デイミアンのことも、もう忘れてしまった、と思いたかった。そのために、もう二年もの長い間離れているのだ。だが、デイミアンからは逃れられなかった。どこを見ても彼の顔が目に浮かび、夢の中で彼の声を聞き、一緒に過ごしたときを思い出す。デイミアンが亡くなったことを聞いたショックのせいかもしれないし、彼の絵がマックスの部屋にかかっているのを見て、びっくりしたせいかもしれない。理由はなんであれ、デイミアンは再び現れ、エリザベスの心を占めつづけているのだ。

車はノルマンディを過ぎ、一路ロワール地方に向かった。雨は上がって晴れ間がのぞき、つかの間ながら暖かくなった。カレーからパリまでの高速道路はすいすいと走れ、ツールに近づくといっそう速くなった。そこからロワール・バレーまでは木々に覆われた狭い田舎道で、高いポプラの木の広い葉の間からこぼれる木もれ日が、道にさまざまな模様を作っていた。エリザベスは日ざしを避けて、サングラスをかけた。長距離をドライブしてきたので、頭が痛い。

「いまどのへんかしら？　あとどのくらい？」ビッキーが身じろぎした。

「あと三十分くらいよ。お腹がすいたの？」

「飢え死にしそう！　胃袋が生き返ったらしいわ。どこかで車をとめて、コーヒーとクロック・ムッシューにしない？」

「次の村でね」

エリザベスが答えてから五、六分で、小さな村に着いた。広場に車をとめると、ビッキーはうめきながら車を出た。

「脚が引きつって動かないわ！」

「乗りつづけだったものね。あそこにスナックバーがあるわ。あそこでいい？」

「いいわよ。お姉さんが注文してね。わたしはまだフランス語が出てこないわ。いつも慣れるのに一日や二日はかかるの」

ビッキーは歩きながら、背中をさすっていた。スナックバーの外では地元の人が何人かブラックコーヒーを飲んでいて、ビールを飲んでいた若者が通り過ぎる姉妹を黒い瞳で見つめていた。

「こんにちは《ボンジュール》、マダム」エリザベスがカウンターにいる女性に声をかけた。

「こんにちは《ボンジュール》、マダム」女性はうなずいた。

エリザベスはクロックムッシューと大きいカップにコーヒーを頼んだ。やがて、トーストの上にハム入りの熱いチーズをのせたクロックムッシューがテーブルに運ばれた。

「おいしそうなにおい」ビッキーはため息をつき、さっそく食べ始めた。

コーヒーは濃く、エリザベスはちびちび飲まざるを得なかった。ビッキーもしぶい顔をした。「ミルクにすればよかった――フランスのコーヒーが強いのを忘れてたわ」

スナックバーを出て、二人はフラー伯母の住むフランボワーズの村へ車を走らせた。道はしだの葉が茂り、鳥がさえずる深い森の中を走っている。日が陰り、もう夕暮れが近かった。森の中を曲がりくねるその道がエリザベスは懐かしかった。その道をよくデイミアンと散歩し、いま通りかかった宿屋で食事をしたのだ。庭の木陰のテーブルで白ワインを飲み、ゆっくり野いちごを食べたものだ。どこを見ても、デイミアンを思い出す。過去がよみがえってくる。そうとわかっていたのに、こんなところへ来たのがいけなかった。だが、ここへ来て、思い出の場所をあちこち歩いてみたかった。デイミアンの亡霊に会わなければ、彼の亡くなったことが信じられず、魂は鎮められない。彼が亡くなったと聞いたときから、あるいはそれ以前から、彼がここから呼びかけているように感じていた。この二年間デイミアンのことを何度夢に見たことだろう？　彼から逃げ出しはしたが、解放されたわけではなかった。二人の関係は終わっていない、といつも感じていた。落ち着かなかった。いつかまた会えると思っていたが、デイミアンは死に、二度と会うことはないのだ。だが、何度そう自分に言い聞かせても、そのたびに心が痛み、どうしても納得できなかった。彼の死が信じられなかった。デイミアンが亡くなっているのなら、どうして彼はわたしを呼びつづけるのだろう？　なぜわたしの心の中に絶えず浮かんでくるのかしら？　すべて熱に浮かされた妄想なのだろうか？　それとも、デイミアンのあの激情は、死をもってさえも食いとめることができないのだろうか？

フラー伯母の家に向かう道は柳の並木のつづく川岸に沿っている。夕暮れで、蛾《が》や蠅《はえ》が風にそよぐ木の葉の間をぶんぶん飛びまわっている。川のせせらぎが聞こえる。エリザベスは十字路でいったん車をとめ、左に曲がった。ビッキーは頭をたれ、半分眠っている。そのとき、エリザベスはだれかが川岸を歩いているのをちらっと見た。なんの気なしに見たのだが、どきりとして、はっと息をのんだ。

まさか！　エリザベスはブレーキを踏んで、無意識のうちにハンドルを握り締め、木々の間を見つめた。背の高い人影が見えかくれしながら夕暮れの中をゆっくり歩いている。顔も衣服もはっきりしない。何か黒っぽいズボンと黒のセーターかシャツを着ている。風に吹かれて、髪が顔にかかっている。

エリザベスは、そんなばかな、と思いながらも、その男から目が離せなかった。デイミアンは死んだのだ。デイミアンであるはずがない。わたしはどうしたのかしら？　川岸を歩いている男がデイミアンに見えるなんて……おかしいわ！　もう少し近ければ、よくわかるんだけど……振り向いてくれないかしら、そうすれば確かめられるのに。

男が立ちどまり、顔を上げて、おだやかな川面を渡る鳥を見た。そのしぐさがそっくりだった。すっきりとしなやかなその背中もデイミアンのものだった。

エリザベスはシートベルトをはずし、ころげるように車を出て、駆けだした。「デイミアン！　デイミアン！」

3

「リズ、どこへ行くの？　どうしたの？」ビッキーが車の窓から顔を出して叫んだ。

エリザベスは無視した。引っかき傷ができるのもかまわず、いばらの土手をころびながら走った。デイミアンは柳の木の間に消えていた。だが、彼がいま通り過ぎたあとのように、枝が揺れている。エリザベスは川に沿ったぬかるんだ小道に出ると、全速力で走りだした。胸の鼓動は激しく高鳴っている。

「デイミアン！　デイミアン、待って！」

エリザベスは緑の葉の壁を突き破って立ちどまった。彼が立っているのを見つけたからだ。彼が振り向いた。だが、木の陰になって、顔は見えない。

「デイミアン？」彼女はそうつぶやき、手を伸ばした。そして、彼が黙ったままゆっくり向き直ると、抱きついた。不安な、それでいてほっとした喜びがこみ上げ、彼女はデイミアンの胸に顔をうずめて泣きだした。手は肌のぬくもりが感じられるセーターを撫《な》で、彼の体が現実にあることを確かめていた。心臓の鼓動が聞こえる。指でなぞる長い背骨も肩《けん》胛骨《こう》もかつて親しんだままで、筋肉もたくましい。エリザベスは目を閉じた。幸せで体の力が抜けていた。

彼女はデイミアンの肩につかまって顔を上げた。まわりの暗さと涙で、彼の顔は青白くぼんやり見えた。目だけが黒く光っている。つま先立ち、夢中で唇を求めた。彼の唇は冷たく、こわばっていた。エリザベスはねだるように何度も何度もキスした。「デイミアン、ダーリン……デイミアン!」すると、彼の唇が動き始め、むさぼるように求めてきた。彼女はめまいがするほど興奮した。かつてのように、何か怒りのこもった激しい、それでいて官能的なキスだった。何かにつかれたような激しい愛のこもったキスだった。エリザベスは熱くなり、そしてまたぞっとしてもいた。燃えながら恐れていた。デイミアンの激情が全身を駆けめぐり、彼女は目を閉じて、彼にしがみついていた。胸がますます高鳴り、自分の心臓か彼のものかわからなくなっていた。そのときデイミアンが彼女を突き放した。

エリザベスは柳の幹に打ちつけられ、震え、あえぎながら、木にもたれていた。長いキスのあとで、唇が痛い。背後から音が聞こえる。馬のひづめの音だ。次の瞬間、馬が柳の枝を分けて顔をのぞかせた。エリザベスはびっくりして体をすくめた。

ほとんど同時にビッキーが姿を現した。「リズ、いったいどうしたの? ここで何をしてるの?」

馬の歩みをとめ、馬上の女性はエリザベスをじっと見ると、かがみ込んで何か言った。

早口のフランス語で、何を言っているのかわからない。

ビッキーがそれに答えた。エリザベスはまわりを見まわした。「デイミアン……」彼はいなかった。「デイミアン?」エリザベスは彼を呼びながら柳の枝を振り分けて駆けだそうとした。川岸の堤防には彼の姿は見当たらない。「デイミアン、どこにいるの? ダーリン、行かないで……」その声はもうヒステリックになっていた。彼はどこに行ってしまったのだろう? エリザベスは道路を見上げた。だが、道路まで土手を登る時間はなかったはずだ。柳の茂る川沿いの小道を振り返っても、人影はない。

「リズ、いったいどうしたの?」ビッキーがそばまで来てきいた。エリザベスは目を見開き、ぎらぎらさせていた。

「デイミアンよ……消えてしまったの!」

「リズ!」ビッキーは姉を見つめて叫び、心配そうに抱き締めた。

「彼を捜さなきゃ……どこへ行ってしまったのかしら?」

馬から降りた女性はビッキーの後ろからふしぎそうにエリザベスを見つめていた。

その女性にエリザベスがきいた。「彼はどこ? あなたは見たはずよ。彼はどこへ行ったの?」

「わたしはだれも見かけなかったわ」女性はゆっくりフランス語で答えた。「あなただけよ、わたしが見たのは」彼女はビッキーを見、つけ加えて言った。「それに、あなたよ。

ほかにはだれもいなかったわ」

「いたのよ」エリザベスは今度はビッキーに顔を向けた。声が震えている。「わたしはデイミアンを見たわ。話しかけたわ。彼はわたしにキスをしたのよ……ここにいたわ、ビッキー。デイミアンは生きているのよ！」

「この人、何を言っているの？」フランス人の女性がきいた。馬は向きを変え、ぬかるんだ小道をひづめで蹴《け》っている。

「行きましょう」ビッキーはエリザベスを促し、ちらっとほほ笑んで女性に声をかけた。「さようなら」

「この人、大丈夫？」相手は、エリザベスの頭がおかしいと思っているのだろう。

「大丈夫よ」ビッキーは早くその場を離れたい様子だった。

「わたしは空想をしているわけじゃないのよ――デイミアンはわたしにキスしたんだから。わたしは彼にさわったのよ、ビッキー」差し出すエリザベスの手は震えていた。「この手で彼にさわったのよ。信じて！」

ビッキーは姉を助けて土手を登った。その後ろ姿をフランス女性が見つめていた。彼女の長い黒髪は風に吹かれ、馬のたてがみと区別がつかない。エリザベスはだれもいない川岸の小道を振り返った。空想ではない。デイミアンは確かにあそこにいたのだ。

「あの人もデイミアンを見たに違いないわ。わたしを見たんだったら、彼も見たはずよ」

エリザベスが言った。

「見かけなかったって言ってたじゃない、リズ」

「うそをついているんだわ」

「どうしてなの？　あの女の人を知っているの？　前に会ったことがあるの？」

「ううん、会ったことなんかないわ」

「お姉さんは疲れているのよ。長い一日でくたびれたのね。あと十分もすれば、伯母さまのおうちに着くわ。ゆっくりやすめば、気分もよくなるわよ」

「わたしは気が狂ってるわけじゃないわ！　そんな話し方はしないで」エリザベスは抗議した。

「そんなことないわ！」

「ほんとに？　あなたはみんなわたしが想像したことだと思っているわ。わたしがデイミアンに会って、彼がわたしにキスしたことを信じていないのね。だけど、デイミアンだったのよ。手でさわったんだから、想像じゃないことはわかるでしょう。この腕で彼を抱いたのよ、ビッキー。彼の心臓の鼓動を聞いたわ。温かくて、生きていたのよ！」エリザベスは言いやめ、息を詰めて妹を見つめた。「だから、それはみんなわたしの想像だなんて言わないで」

ビッキーはため息をついた。「デイミアンは話しかけてきたの？　なんて言ったの？」

エリザベスは顔をしかめ、ためらった。

「彼は……何も言わなかったわ、キスしただけ」デイミアンは一言もしゃべらなかった。そういえば、エリザベスも何も言わなかった。緊張し、胸がいっぱいで、話しかけるどころではなかった。彼に触れ、生きていることを確かめたかっただけだ。空想のできごとなのだろうか？　そうだとすれば、わたしはほんとうに気が狂い始めている。

「さあ、車に乗りましょう。今度はわたしが運転するわ」ビッキーが促した。

「だめよ、あなたは……」

「運転のレッスンは受けたの。免許証がないだけよ。遠くないし、慎重に運転するから。お姉さんは運転できる状態じゃないでしょう？」

「わたしは大丈夫よ」エリザベスは耳障りな声でそう言うと、運転席についた。ビッキーもしぶしぶ横に座った。あたりはもう真っ暗だった。エンジンの音に驚いて逃げ出すうさぎの姿がヘッドライトに浮かぶ。家は見当たらず、見慣れない不気味な田園風景が夜の闇《やみ》に息づいている。

エリザベスが深いため息をもらすのを聞いて、ビッキーが言った。「お姉さんをここに誘うんじゃなかったわ。ほら、あそこでしょう、伯母さまのおうち？」

それには答えず、エリザベスは徐行し、車をとめた。一階の部屋には明かりがともり、音楽が聞こえる。石造りの小さな家で、屋根はスレート葺《ぶ》きだ。切妻の壁に窓がある。

「前よりなんだか狭い感じね」ビッキーが言った。

「大人になるとなんでもそう見えるものよ」エリザベスの声は風にそよぐ夏草のように乾いていた。彼女はもの憂い気分だった。さっきは現実だと思ったのだが、いまは、ほんとうにデイミアンに抱きつき、キスされたのか、わからなくなっていた。生きていてほしい、とひたすら願っていたので、過去の記憶をもとに彼をよみがえらせたのだろうか？　彼が死んだという事実に直面できないから？

ドアが開き、小柄な人影が現れた。

「フラー伯母さま！　着いたのよ！」ビッキーが飛び上がって叫んだ。

伯母のフラー・ペレはビッキーを抱き、キスした。「ビッキー、信じられないわ。あなた、変わったわね。二、三年見ないうちに、すっかり大人になって！」

ビッキーは声をあげて笑った。「もうじき就職するんですもの。お給料を手にするまでは、大人になった気はしないけど」

「学位は取れたの？」

「まだ二、三週間しないと、わからないの。結果を発表するのに何年もかかるみたい。だけど、試験にパスするよう祈ってね。わたしはひどく神経質になっているのよ。この三年間の勉強が……」

「試験にはパスしているわよ。よく勉強したって、あなたのお父さんが言っていたもの。

あなたが自慢なのね」

ビッキーはまた笑った。「ほんと？　伯母さま、ほんとにそうお思いになる？」

エリザベスがトランクから荷物を出して、二人に加わった。

「リズ！」伯母は微笑した。

「しばらく、フラー伯母さま」エリザベスは懐かしいくまつづらのにおいをかぎながら伯母にキスした。フラー伯母は顔にしわがあるが、肌はクレープのように柔らかで、外で過ごす時間が多いため、日に焼けている。フランスの生活に浸りきっているので、イギリス人、まして父の姉とは思えないくらいだ。父とは十歳も年が離れていて、いまから四十年以上も前、十八歳のときにジャック・ペレと結婚した。その伯父が亡くなったとき、みんなはイギリスに戻ってくるように勧めたのだが、伯母は〝フランスがわたしの祖国よ〟と言って相手にしなかった。自分がイギリス人だとは思えないのだろう。

「顔色が悪いわね」伯母はエリザベスを見て言った。

「お姉さんは疲れたのよ」ビッキーが口を出した。「けさ五時に家を出たときから、ずっとマラソンみたいに運転をしていたんですもの」

「中に入りなさい、外は寒いわ。荷物をよこして、リズ……いいえ、まだ年寄り扱いされては困るわ。大丈夫よ」

「わたしが運びます」ビッキーはそう言って、強引に荷物を受け取った。

家の中は花のにおいでいっぱいだった。家具類や絵や陶器が調和も理由もなくところ狭しと並んでいるが、居心地はいい。

「お食事はすんだの？」フラー伯母がきいた。

「ううん。飢え死にしそうなの。よかったら、サンドイッチでも……」ビッキーがうめいた。

「キッシュとサラダ、それにおいしい野生のマッシュルームスープがあるわ」

「伯母さまは天使よ。おいしそうね！」

「まずお部屋へ行って、手を洗っていらっしゃい。それから、いつでも階下《した》へ下りてきて、お食事にするといいわ」

エリザベスとビッキーはそれぞれの部屋に入った。伯母はビッキーについていき、何かひそひそ話している。エリザベスは疲れて、食事がのどを通るかどうかわからなかった。バスルームに行こうとすると、隣の部屋からビッキーの声が聞こえてきた。「幻覚ですって？」

「ほかになんだっていうの？　デイミアンは亡くなったのよ、ビッキー」フラー伯母が言った。

「リズはほんとに会ったみたいに言っていたわ」

「ビッキー、デイミアンは車の中にいて、ここから五分のところで亡くなったのよ。衝突する音がして、飛び出してみたら、車は爆発して、炎に包まれていたわ。溝にひっくり返って、ガソリンがもれて引火したのね。すさまじかったわ。あの中にいたら、だれだって即死よ」

エリザベスは真っ青になってドアにつかまり、震えていた。

しばらく沈黙があり、ビッキーがかすれた声できいた。「車を運転していたのはデイミアンだったのね？　もし遺体が……」

「ビッキー、わたしは彼が車を運転しているのを見て、手を振ったのよ。ちょうど二階のシャッターを閉じていたときで、デイミアンも見上げてほほ笑んだわ。階段を下りてきたら、衝突する音が聞こえて……きのうのことのように覚えているけど、びっくりしたわ。あわてて外に出て見たら、木の向こうに炎が上がっていたの。そうよ、ビッキー、運転席にいたのはデイミアンだったわ。彼は死んだのよ」

沈黙のあと、ビッキーが言った。「そうすると、さっきの川の土手でのできごとはどういうことなのかしら？　リズがうそをついているとは思えないわ。リズはほんとにデイミアンに会ったと確信していたのよ。わたしも信じたくらいですもの。何かがあったのよ。お姉さんはだれかを見た——それがデイミアンでないとしたら——だれだったのかしら？」

「さっきも言ったように、きっと幻覚ね。リズは疲れて、緊張していたのよ。あなたもそう言ったでしょう？　デイミアンが亡くなったことは、ちゃんと知っているんだもの。ほんとに、あんなことってまともな人にもよくあるのね。夜、家の中に一人でいて、だれかが二階をこっそり歩いているように感じたことない？　夫のジャックが亡くなったあと、わたしはいつもふしぎな音が聞こえるように思ったわ。一人で住むのに慣れたのは何年もたってからよ。自分に近い人が亡くなると、心のバランスを失うのね。リズも休暇を取れば、もとに戻るわよ」

エリザベスは静かに踊り場を通って、バスルームに入った。

ビッキーが驚いたように声をかけた。「お姉さん？」

「顔を洗うところよ」エリザベスはそう答えて、バスルームのドアを閉めた。

エリザベスは浴槽の端に腰を下ろし、両手で顔を覆った。わたしは気が違ったのかしら？　デイミアンに会ったと錯覚したのだろうか？　彼の腕の中にいたときのことを思い出そうとしたが、頭の中が混乱していて思い出せない。彼にほんとうに会ったのかどうか、いまはわからなくなっていた。ビッキーとフラー伯母の言うとおり、極度の疲労と緊張のせいで幻覚症状が起きたのかもしれなかった。

食事のときに、伯母がエリザベスに問いかけた。「ニューヨークに住むってどう？　話して聞かせてちょうだい」伯母がニューヨークの生活について次から次へと質問するので、その話題だけで三十分もたってしまった。伯母はこんな片田舎に住んでいても好奇心が強く、ほかの世界がどうなっているのか、関心を示すのだ。

コーヒーを飲み終わると、ビッキーがあくびをした。「ごめんなさい、わたしはもうふらふら」

「お二人とももうおやすみなさい。あしたの朝はゆっくりしていてもいいのよ」伯母が言った。

エリザベスが立ち上がった。「招いてくださって、どうもありがとう」

「何を言ってるの。あなたたちが来てくれて、わたしはうれしいのよ。あなたたちのお父さんにも二、三週間遊びにいらっしゃいと言っているんだけど、あの人は、いまは貧乏で余裕がない、ですって」

「両親も来年の夏はお邪魔するかもしれませんわ。伯母さまも両親を訪ねてくださいね」エリザベスが言い、ビッキーもうなずいた。

「そうするつもりよ」

部屋に戻って、エリザベスはすぐベッドに入った。体の節々が痛かったが、またたく間に眠りについた。

次の朝、目が覚めたときには、夢を見たかどうかも思い出せなかった。小さな部屋を見まわして、自分がいまどこにいるかもしばらくわからなかった。

バスルームに入ったが、家の中はしんと静まり返っていて、ビッキーの部屋もドアが閉まったままだ。バスタオルを体に巻いて部屋に戻り、気軽な白のジーンズとノースリーブの青のコットンシャツを着た。

窓のカーテンを開けると、庭は白いもやに包まれていた。かつてロワール・バレーを訪れたとき、朝目が覚めると、川面のもやが消えていく光景をよく眺めたものだ。エリザベスは窓辺に立って、湿った髪が多少とも乾くまでブラシでとかした。もう八時近いがもやはまだ晴れない。熟睡したので肌のつやがよく、化粧はしないことにした。

階下に下りたが、キッチンにはだれもいない。バスケットに焼きたてのクロワッサンとロールパンが入っているので、フラー伯母は起きているのだろう。エリザベスはコーヒー豆をひいた。いい香りだ。急にお腹《なか》がすいて、彼女はコーヒーをいれ、クロワッサンを食べた。初めてフランスに戻ってきた気分だった。

伯母は友達でも訪ねているのだろう。ビッキーを起こそうかと迷ったが、それもやめ、エリザベスはアノラックを着て、霧の晴れかかった戸外に出た。まだ霧の流れる森の砂っぽい小道を通り、川に向かってぶらぶら歩いた。ここへ来ると、土地は起伏がなく、エリザベスはいつも木に囲まれているように感じる。朝の空気は冷たく、顔に湿っぽい。茶色の尾を振りながら、素早く樫《かし》の木を登って葉の間に消えたりすを除いては、動くものもなく、まったく静かだ。

エリザベスはそれを見上げてほほ笑んだ。だが、木の葉がかさこそと音をたてるのを聞いて、すぐ表情が凍りついた。何かが動く影を見た！　並行してつづく曲がりくねったもう一つの小道で、黒い髪が風に揺れたのだ。

息が詰まりそうになって、エリザベスはのどに手をやった。口笛が聞こえる。デイミアンが好んで吹いていたフランスの古いフォークソング——もの思いに沈んだ、小鳥のさえずりに似たメロディだ。

ゆうべと違って、今度は真っ昼間、幻想であるはずがなかった。木の間がくれに男の姿を見たのだ。しかも、あんなふうにあわただしく大股に歩き、あんなふうに口笛を吹く男は、世界じゅうでデイミアンしかいない。

エリザベスはとげに引っかかれるのもかまわず、木ややぶの間を走った。霧のために落ち葉がぬれていて、彼女はすべり、木の幹につかまった。だが、目は前を行く男から離さなかった。きのうのように見失ってはならない。

「デイミアン！」

相手は立ちどまって振り返った。大寺院の天井のように上を覆っている木の枝葉の間から、青白い朝の光がさし、はっきり男の顔がわかった。

エリザベスはショックで息をのんだ。デイミアンではなかったのだ。まったく知らない人だった——フランス人によくある黒い髪、黒い瞳を除いては、デイミアンとは似ても似つかなかった。デイミアンはオリーブ色の肌をしていて、いつも日に焼けていたが、その男は、めったに外に出たことがないかのように、青白かった。顔つきは古風で、鼻筋が通り、眉も細く、広げた翼のようなデイミアンの眉とは違って、気むずかしくからかうようなところはない。頰骨はいくらか高慢そうな目つきを際立たせているが、引っ込み思案な印象だ。冷たく抑制のきいた感じで、その代わり自分の気持は譲らないかたくなさがのぞいている。一度も見たことのない顔なのだが、エリザベスはなぜか知っているような気がしてならない。ハープの弦の余韻のように、気持が揺れるのだ。

「あなたはどなた?」彼女は英語でささやいた。

相手はわかった様子ではなかったが、フランス語で言った。「ここに入っちゃいけないね、お嬢さん。私有地なんだ」男の声はいくらかかすれていたが、低い深みのある声だった。ゆっくりした地方なまりではなく、機関銃のように早いパリジャンのしゃべり方だった。

「ごめんなさい」彼女は口ごもりながら言った。「知らなかったものですから」

「道がこの裏にある。その道を帰るんだ」男は指さした。ほほ笑みもせず、彼女を見つめる黒い瞳には敵意さえのぞいていた。

「どうもありがとう」エリザベスはそう言って、引き返そうとした。そのとき、何かがほえる声がし、二頭の金色に輝くような犬がやぶの中から飛び出してきた。長いシルクのような毛並みで、舌をたらしている。男は薄笑いを浮かべて、飛びついてくる犬のたれた耳を撫でた。

するとと、きのう川岸で会った黒髪の女性が現れた。細い体を濃いブルーのセーターと、ブルーとクリーム色の縞《しま》のツイードのスカートで包んでいる。ウエストを幅の広いブルーの革ベルトできつく締めている。エリザベスに気づくと彼女は足をとめ、眉をひそめて、まだ犬の頭を撫でている男の方を素早く見やった。

「イーブ、こんな遠くまで出歩いちゃいけないわ。疲れてしまうでしょう」女性の声は心配そうで、少したしなめるような調子だったが、それでもあまりいらいらしないよう抑えているようだった。

「ぼくは子供じゃないよ」男は顔を上げて言った。

「だけど、まだかぜは治っていないのよ。すっかりよくなるまで外には出ないようにって、ビクター先生がおっしゃったでしょう」

「そうがみがみ言うなよ、シャンタル、頼むから!」男は眉を寄せてつぶやいた。

女性の唇が震えた。エリザベスは気の毒に思った。男の顔は大理石のように無表情で、人間の血が流れているようには見えなかった。

その女性がエリザベスの方を見た。警戒している目つきだが、無理に微笑を浮かべた。エリザベスが言った。「こんにちは……また会ったわね。わたしはエリザベス・ガーディナー。伯母のマダム・ペレのところに来ているの……」

「きみのことは知っている」男が割って入った。エリザベスはびっくりして、ぽかんと口を開けた。

「前にお会いしましたかしら？」この前フランボワーズを訪ねたときには、ここの人たちにはほとんど会ったつもりだが、この二人は見かけなかった。

「いいえ」女性がこれ以上話したくない様子で答えた。そして男の腕に手をかけると言った。「戻りましょう、イーブ」

相手に敵意を見せられるのは、決して気持のいいものではない。エリザベスは赤くなって二人を見送っていたが、ぷいときびすを返すと、伯母の家へと歩き始めた。あんな男をどうしてデイミアンと間違えたのだろう？　デイミアンとは似ても似つかないのに。一目見れば、性格もまるで違うことがわかったのに。あの男はそれこそ氷の化身だ。エリザベスは自分が愚かに思えて仕方がなかった。そして心配になった――デイミアンはどこにでも現れるのかしら？　わたしは暗がりや鏡の中やほかの男性の顔にいつもデイミアンを見てしまうのだろうか？　亡霊が現れるとは、このことなのだろうか？　わたしの心がわたし自身をわなにかけているのだ。エリザベスは、デイミアンは亡くなり、すべてが終わったという事実を認め、早く気持を整理しなければならない、と思った。そうすれば、デイミアンの亡霊が現れることもなくなるだろう。

4

家に戻ると、ビッキーが両手でホットチョコレートの入ったカップを持って、キッチンのテーブルにうずくまっていた。まだナイティにガウンを引っかけたままだ。エリザベスが入っていくと、ビッキーは口に手を当ててあくびをした。

「おはよう、早起きね。いつ起きたの？」

「何時間も前よ。散歩してきたの。フラー伯母さまは？」

「二階よ」ビッキーがまたあくびをしたので、エリザベスは声をあげて笑った。

「眠れなかったの？」

「ううん、ぐっすり」ビッキーは目を半分閉じて、ホットチョコレートをすすった。「ふう……最高、朝のホットチョコレートがこんなにおいしいなんて、すっかり忘れていたわ」

「だけど、太るわよ」エリザベスが言うと、ビッキーは顔をしかめてみせた。

「だれが気にするの？　お姉さんは村の方に行っていたの？」

「ううん、森を歩いてきたの」そのとき、フラー伯母が軽やかな足取りで入ってきた。フランスのマーケットならどこにでも売っていそうな、花柄のコットンのドレスを着て、こぎれいにしている。ドレスはスクエアネックのノースリーブで、まったくの普段着ではないが、かといってシックでもない。伯母はすっかりフランスの農家のおかみさんといった感じだ。

「あら、いたのね」フラー伯母はにっこり笑った。「どうしたのかと思っていたのよ」軽い調子の言い方だったが、その裏には心配している気持がかくされていた。伯母の目は気遣わしげにエリザベスを見ている。

エリザベスは安心させようとほほ笑み返した。「けさは元気が出て、探険に出かけたの。森で犬を連れた女の人と男の人に出会ったけど、最近越してきた人たちなの？　男の人はイーブと呼ばれていたけど」

フラー伯母の顔がこわばった。「イーブ？」警戒するような妙な目つきでエリザベスを見つめる。

「その人は女の人をシャンタルと呼んでいたわ」エリザベスはつけ加えて言い、そんなふうに見つめる伯母をいぶかしく思った。「二人はわたしのことを聞いていると言っていたから、伯母さまのことは知っているはずよ」

「ほかにどんなことを言っていたの？」

「わたしが私有地に入り込んでいるって。よそ者を歓迎しない感じ。だれなの？」

「イーブ・ド・ラバールといってね、パリから来た人で、銀行家のはずよ。お金持で……奥さまのシャンタルと二人であの古城を買い取ったの」

　ビッキーが笑った。「冗談でしょう？　あの廃墟《はいきょ》を？　朽ち果てて、窓は破れてるし、屋根もほとんどなかったじゃない」

「まだ修理は終わっていないけど、修理には一財産かかったはずよ。川までの森もあのお城の所有地ですからね。イーブ・ド・ラバール家で屋根や窓、それにお部屋も改装して、広いキッチンやバスルームを新しく造ったってことよ。工事人がまだいるから、どれほどお金がかかるか、想像もつかないわね」

「お金に埋もれているのね。リズ、どんな人？　お年寄りなの？」ビッキーがうっとりしてきいた。

「ううん。三十五歳くらいかしら。もう少し上かもしれないわ。冷たい感じだけど、ハンサムよ。奥さまが気の毒だったわ。ご主人を怖がっているみたい」シャンタルがイーブの妻と聞いて、エリザベスはびっくりしていた。あの二人はどこか変わった雰囲気だったが、けさはけんかでもしたあとだったのだろうか？　それとも、シャンタルがひるんでいたのは、冷たく人を突き放すようなイーブの性格のためなのだろうか？　エリザベスは突然思い出し、ビッキーを見て言った。「奥さまはきのう会った女の人よ、馬に乗った……覚えてる？」

「あの女の人？　まあ！」ビッキーはぽかんと口を開けた。

「コーヒーでも飲みましょう」フラー伯母はそう言って、コーヒー豆をひき始めた。ぷうんといい香りがあたりに漂う。「イーブ・ド・ラバールは退院したばかりなのよ。シャンタルは久しぶりにご主人を迎えて、うれしいはずよ」

「どこが悪かったの？」ビッキーはにやりとしてつけ加えた。「あんなぼろのお城を買うばかさ加減は別にしての話だけど」

「生き延びられるかどうかわからないくらいのひどいけがをしたの。何回も手術をしたんですって。シャンタルはほとんど病院につきっきりで看病したらしいわ。かわいそうに」

伯母は気遣わしげにエリザベスを見た。「イーブはデイミアンと一緒に車に乗っていたの」

エリザベスはどきっとした。ビッキーもはっとして姉を見た。

伯母は落ち着かなそうにつづけた。「あなたも知っていたほうがいいと思って、話すのよ。今度またイーブに会って、あなたが変なことを言いだすといけないものね。イーブとシャンタルには悪夢のようなできごとで、二人ともあの事故については話したがらないのよ。彼があまり痛がるから、何週間かモルヒネを注射したらしいけど、中毒になるといけないから、それもやめたんですって。自分の奥さまも見分けがつかないほどだったのよ。シャンタルは心配でやせ細って、幽霊みたいだったわ。でも、イーブが回復し始めて、ずっと明るくなったの」

エリザベスは乾いた唇をなめてから言った。「事故のときデイミアンは一人じゃなかったっておっしゃってくだされればよかったのに」

「関係ないと思ったからよ。だけど、あなたはイーブに会ったわけだし……イーブはデイミアンを知っていたから、あのお城を買うことになったのよ――皮肉ね。二人は大学時代からのお友達だったんですって。デイミアンを訪ねてきて、イーブはすっかりお城が気に入ったのね。シャンタルと結婚したばかりだったけど、シャンタルも犬や馬の好きな田舎娘で、パリが嫌いだったの。イーブはお金持だし、二人はパリを逃げ出して、気に入ったあのお城を買ったってわけ」フラー伯母は深いため息をもらした。「シャンタルは、パリを出ようとご主人に頼まなければよかった、と思っているでしょうね」

ビッキーがまじめな顔で応じた。「かわいそうな人ね。あの人の立場になったら、わたしも参ってしまうわ。そうでしょう、リズ?」

エリザベスは目を伏せてうなずいた。「シャンタルはご主人を愛しているわ。様子でわかったもの」だが、イーブがどう思っているのかはわからなかった――冷たい顔にはほとんど表情がなかったからだ。何カ月も入院していて、激しい痛みにさらされていたとすれば、感情を殺してしまうことも身につけたのだろう。

その日遅くなって、エリザベスは前日の川岸でのことを思い出していた――あれはすべて幻想だったのだろうか？　しかし、幻想だとすれば、あれほどの現実感があるものだろうか？　わたしは男の腕に抱かれ、キスされた。相手の体のぬくもりや熱い唇の感触をいまも覚えている。あれがデイミアンでないとすれば、いったいだれが……エリザベスはぶるっと体を震わせ、怒ったように真っ赤になった。相手がだれであれ、何を考えていたとしても、その相手はだれかわからないほうがいい、彼女はそう思った。

　ビッキーがロワールの有名な古城の一つを見たいと言いだし、伯母も一緒に三人でシノンへ出かけた。ヘンリー二世がフランス滞在中に過ごした城で、川幅の広いビエンヌ川の上流の岩山の上に十世紀に建てられ、いまは廃墟だが、城壁だけはそのまま残っている。シノンの町はその岩山のふもとにある。城を見に行く前に三人は、その町の中央の広場にある、舗道にせり出したカフェで、アイスチョコレートを飲んだ。近くの噴水で子供たちが遊んでいる。空は青く、日ざしは強かった。ビッキーとフラー伯母は何か声をあげて笑っていたが、エリザベスは、暗がりの中で見知らぬ男に抱きつき、彼とのキスで燃えたことを思い出して、青ざめたり、赤くなったりしていた。

　通りがかりの男が立ちどまり、三人を見ていた。エリザベスはどきっとして相手を見上げたが、知らない男性だった。その男はエリザベスではなく、ビッキーを見つめていた。

「信じられないな。こんなところで何をしているの？」その男は笑って言った。

　ビッキーがにっこりした。「世間は狭いのね」

「フランスに来るなんて言ってなかったじゃないか！」

「急に決めたんです」

ビッキーはほんのり赤くなっていた。エリザベスには、妹がこの男性に好意を持っていることが、すぐわかった。だが、彼はビッキーが好意を持つタイプではない。彼女は男性についてはうるさいのだ。

「どこに泊まっているんだい？」相手はエリザベスとフラー伯母をちらっと見て、ビッキーにきいた。ビッキーはあわてて二人を彼に紹介した。

「テディはわたしたちの大学の講師なの」

「テディなんとおっしゃるんですの？」フラー伯母がきくと、彼はビッキーにからかうような視線を投げた。

「ハートフォードです、マダム・ペレ。エドワード・ハートフォードといいます。退屈な自己紹介はビッキーにまかせることにして、実はビッキーのフランス語やドイツ語はどんなものか、ときどき考えることがあるんです――きっと、表現は派手だけど、文法はでたらめでしょうね」

「さっき言ったように、テディはわたしの先生なの。テディ、そんなところに突っ立っていないで、お座りなさいよ」ビッキーはそう言って、エリザベスに顔を向けた。「彼、一メートル八十四、五センチもあるのよ」

彼は椅子を引いて腰を下ろした。ウエイターがやってきたので、四人はそれぞれ飲み物を注文した。

「まだお城には登っていないの?」テディがきいた。

ビッキーが首を振った。「いまからよ。険しい山登りみたいね。あなたは?」

「町はずれのキャンプ地にいるんで、もう何回か登ったよ」テディはフラー伯母に上品に笑いかけて、つけ加えた。「ぼくは軽装で旅に出るんです。小さなテントと必要最小限の装備だけで、どこにでも自分の寝るところは確保できますよ」

テディ・ハートフォードはいくつぐらいかしら? 二十代の後半? エリザベスは彼を見ながら黙って想像した。彼はハンサムとはいえなかった。顔が大きく、ユーモラスで、太くて短い鼻や大きな耳はコミカルでさえあった。ビッキーが夢中になるタイプではない。

「ご専攻はなんですの?」フラー伯母がきいた。

そのときウエイターが冷たい飲み物を運んできたので、肩幅が広く胸の厚いテディが体を引いて後ろにもたれると、重みで椅子がきしんだ。

「植物学です」彼はそう言って、にやりと笑った。「そんなに感心したような顔を無理にしないでください。たいていの人が植物学を退屈だと考えていることはわかっていますから」

「ご名答!」ビッキーがはしゃいだ。フラー伯母も笑って応じた。

「わたしは熱心な素人の植物学者なんですのよ」伯母が彼に言った。

「ほんとですか?」テディはうれしそうにカールした褐色の髪をかき上げた。「実は仕事も兼ねて旅に出ているんです。この地方には、ぼくのまだ知らない植物の珍種があると思うんですけど、教えていただけるとありがたいな」彼は首にさげたカメラをたたいた。

「この地方の植物相を全部カメラにおさめるんです」

「採集もなさるの?」エリザベスがきいた。

「いや、それは最後までしたくありませんね。見たものを記録に残して、あとはそっとしておくんです。珍種の植物のほとんどが絶滅の危機にさらされていますからね」

「その話になると、彼は何時間でもしゃべっているわよ」そうたしなめるビッキーに、テディはしかめっ面をした。

「ぼくはそんなに独りよがりで横柄だったかな」

「いつもと変わりませんけど」ビッキーは手をかざして空を見上げた。「リズ、飲み終わったら、お城へ登りましょう。閉門になってしまうわ」

立ち上がりながら、フラー伯母が言った。「フランボワーズにいらっしゃることがあったら、どうぞお立ち寄りください。興味のある珍種を一つか二つお見せできるかもしれませんよ」

「そいつはいい。あしたうかがってもかまいませんか?」

「けっこうですよ。昼食にいらっしゃい」伯母は住所と道筋を教えた。

古城への階段を上りながら、エリザベスが言った。「よさそうな人ね」

「そう思う?」ビッキーが振り向いて言った。

「わたしは大好きですよ」フラー伯母も賛成した。

「彼、おばあさんが好きなんだから」

「ほんとなの、ビッキー! あなたの言うことときたら!」伯母は吹き出した。

「彼、結婚していないんでしょう?」エリザベスがきいた。

「まだよ。だけど、すぐには結婚しそうにもないわ。同じ講師の女の人とよく会っていて、どこにでも一緒に行くの。みんな二人は結婚すると思っているわ」ビッキーは軽い調子で言ったが、その声の響きには何かある、とエリザベスは直感した。

三人は古城の入口の時計塔に着いた。時計塔にはジャンヌ・ダルクの遺品がおさめてあった。ジャンヌ・ダルクが初めてフランスの皇太子に会ったのはシノンなのだ。

「ここではいろんなことが起きたのね」ビッキーは、赤いカヌーが静かな川面をすべっていくのを見下ろしながら言った。「いまはとても平和だけど」

「地下牢《ろう》に行ってみる?」エリザベスが案内書を見ながら言った。「テンプル騎士団はパリに送られて火あぶりの刑に処せられるまでは、ここの地下牢に入れられていたらしいわ。騎士団は壁に落書きをしているはずよ」

「地下牢には秘密の抜け道が通じているのよ。ぞくぞくするような真っ暗な迷路で、道を知らないと、迷ってしまうわ。お城の下の岩を掘って作ったのよ」フラー伯母が説明した。

「騎士団はその抜け道を掘って逃げ出そうとしたのね？　連れていって。わたし、秘密の通路って大好き！」ビッキーはうれしそうだ。

「あなたって気味の悪い想像力の持ち主なのね」エリザベスは文句を言いながら、狭い階段をあとからついていった。

ビッキーが言った。「ボルジア枢機卿《すうききけい》もここに来たのよ。ここでもだれかを毒殺したのかしら？　秘密の通路に骸骨《がいこつ》があるかもしれないわ」

エリザベスが伯母に笑いかけた。「わたしたちも新しく一つ残して帰りましょうか。鍵《かぎ》をかけて、ビッキーだけ閉じ込めて、逃げ出せば……」

ビッキーは知らん顔だ。外は暑かったが、地下牢の中はひんやりとしていた。暗く、岩壁が湿っていて、薄気味悪い。ビッキーとフラー伯母はガイドの説明を聞きながら、ゆっくり歩いていた。エリザベスは入口へ引き返したかった。閉所恐怖症にかかりそうで、息が詰まり、呼吸もできない感じだ。

髪が首の後ろにべとつき、彼女は立ちどまって手で振り払った。前の二人に追いつこうとしたとき、何かかすかな息遣いのような音が聞こえた。暗闇《くらやみ》の向こうから聞こえる。伯母と妹の話し声は消えていた。〝決してきみを行かせはしない。決して決して放しは……〟

ささやくような声が聞こえてきた。

エリザベスは目を閉じた。開けようともしなかった。何か冷たいものが顔に触れ、彼女は叫び声をあげた。まぶたが引きつり、太陽がまぶしい。さっぱりわけがわからず、信じがたい気持でまばゆい日ざしを見つめていた。フラー伯母が見下ろしている。心配そうだ。

「気分はどう？」

その後ろで、眉を寄せたビッキーの顔がちらちらする。

「どうしたの……」エリザベスはささやいた。

「気を失ったのよ、地下道で……覚えていないの？」ビッキーが言った。

今度はフラー伯母だ。「閉所恐怖症の心配があるんだったら、そう言えばいいのに。あんなところには連れていかなかったわ」

ビッキーが説明した。「何かどさりと音がしたから振り返ったら、お姉さんが倒れていたの、冷たくなって。ほんとにショックだったわ！」

「どうしてこんなところにいるの？」エリザベスはくらくらしながら上体を起こした。

「ガイドさんが運んでくれたの――お気の毒に、あのガイドさん、お姉さんが死んでしまう、と思ったらしいわ。いまお医者さまを迎えに行ってるの」

まわりに人が集まって、のぞき込んでいた。エリザベスは赤くなった。「もう大丈夫よ。だけど、ばかみたいね。お医者さまに診てもらうこともないでしょう。それより、うちへ帰りたいわ」

「お医者さまに診てもらわなきゃだめよ。閉所恐怖症が出たんだと思うけど、大事を取らないとね」伯母は譲らなかった。

五分後、医者が駆けつけ、簡単に診察してもらってから、エリザベスはゆっくり車まで歩き、後ろの座席に乗り込んだ。伯母の家に戻ると、ベッドに寝かされ、たちまちのうちに眠りに落ちた。赤い夕日が沈む。子守歌のような小鳥のさえずりと川のせせらぎが、疲れた神経をやすめてくれた。

暑苦しくなって、エリザベスは目が覚めた。月が出て、壁に長い槍《やり》のような銀色の光を投げている。彼女はベッドを出て、窓のシャッターを開けたが、空気は湿度が高く、暑苦しさは変わらない。まるで嵐《あらし》でも来そうな感じだが、夜の空に雲はない。もう夜明けなのだろうか？　すっかり目が覚めて、これ以上眠れそうにもなかった。

エリザベスはジーンズとTシャツに着替え、静かにキッチンに下りていった。コーヒーをいれ、皮がぱりぱりに硬いパンにフラー伯母手製のチェリージャムをつけて食べた。庭には桜の木が何本かあり、伯母は濃い赤色のチェリーをびんに詰めて保存しているのだ。

午前五時に近く、森に覆われた渓谷にあたるこのあたりは、日が昇るのが遅いが、それでも空には薄明かりがさしていた。あたりはまだ寝静まっていたが、エリザベスはじっとしていられなくて、外に出た。

森の中の乗馬道を川に向かう。空の薄明かりだけを頼りに歩くと、砂が足もとできしる。うさぎが飛び出してきて、しだの茂みに飛び込んだ。白いしっぽがちらっと目にとまっただけだ。小鳥が鳴きながら乗馬道を飛び交った。いつもはこの時間だと涼しいのだが、もうシャツが汗ばみ、髪がうなじにはりついた。

木々の生い茂る川岸に出た。川は空と木々を映す、動く鏡となって、ゆっくり流れている。しばらく歩いて、エリザベスは湿った草の上に腰を下ろし、膝をかかえた。膝の上にあごをのせて、川面を眺めながら、せせらぎを聞いていた。

あまりむし暑いので、エリザベスは泳ぎたくなった。立ち上がって、両岸の土手を見たが、このあたりには家もなく、人影も見えない。泳ぐなんてとんでもないと思ったが、あたりはあまりに静かで美しかった。聞こえるのは抑えたような小鳥の鳴き声と木の葉のそよぎ、それに川の流れと自分が押し敷いている草の音だけだ。

エリザベスはTシャツとジーンズを脱ぎ、ブラジャーとショーツだけになって、水辺に走った。そこでまたあたりを見まわし、下着も取って草の上に小さくまとめて置くと、水に入った。ひんやりして体がぶるっと震えた。気持がいい。彼女はゆっくり川の真ん中へ泳いでいった。

水藻のように髪を漂わせながら、薄暗い川面を白い魚のように泳ぐのは、なんともふしぎな気分だった。しばらく水の流れのままに仰向けに浮かんで、黒い木々の向こうで、空が赤く染まり始めるのを見ていた。そのばら色は地平線いっぱいに広がり、やがてピンクがかった金色に変わっていった。寒くなったので岸に上がり、長い髪の毛をしぼっていると、突然森から人影が現れた。エリザベスはショックで棒立ちになった。

やっと両腕で胸を覆ったが、白い裸体が夜明けの光に輝いている。エリザベスは震える手で下着を着け、Tシャツとジーンズを着た。足音が近づいてきたが、そちらは見向きもしなかった。ぬれた肌にシャツがはりつく。ようやくジーンズのジッパーを上げ、相手と顔を合わせる準備ができた。顔は見なかったが、イーブ・ド・ラバールであることはわかっていた。

「わかっていますわ」エリザベスは彼が口を開く前に口ごもりながら言った。「また私有地に入り込んでいます。ごめんなさい。これからは入らないようにしますから」彼女は顔を上げた。相手の顔には表情はなかったが、その黒い瞳はいま出てきたばかりの川の水よりも冷たかった。

「この川で泳ぐのは、ことに一人では、危険だよ。事故にあって叫んでも、だれにも聞こえやしない」もっともだったが、その声は脅しているかのようだ。

イーブが立ちふさがっているので、エリザベスは動けない。「ちょっとしたはずみだったんです。眠れなくて……」

「良心がとがめてか?」冷酷な言い方だ。

彼女はひるんだ。「暑かったものですから」

「ここからは彼の住んでいた塔が見える」エリザベスは緊張した。振り向きもせず、立ち去ろうとした。だが、腕をつかまれ、振り向かされた。「ほら、あそこだ」イーブは指さした。

石造りの古い塔が川岸の木々の間にそびえている。こわれかけた壁から鳩《はと》が飛び立った。

「いまはあき家でね。村の人たちは亡霊が出ると言って、日が暮れると、だれも近づかない」

エリザベスは息をのみ込んだ。「亡霊なんか信じませんわ」ほんとうだった。彼女は亡霊の存在を信じたことはなかった。だが、いまは……心の迷いだろうか、それとも、デイミアンの執拗《しつよう》な愛が暗闇から手を伸ばして、わたしをとらえようとしているのだろうか？

魂や感情は人間の死後も、星明かりに舞う蛾《が》のように、さまよい出るものだろうか？

「そうかね？」イーブは長い指で彼女の頬に触れた。「きみの顔はぬれている」

「いままで泳いでいたからですわ！　それに冷たくて寒いんです……放してください。家に帰って体をふかなくては」エリザベスは震えた。

「冷たい？」イーブは口もとをゆがめた。「そう、きみは冷淡だ」そう言われて、彼女はますます相手が恐ろしくなり、手を振り払った。

しかし、それより早く、顔を押さえつけられ、唇を奪われていた。冷たい唇だった。だが、その感触に火がついた。エリザベスはショックであえいだ。イーブはしばらく唇を押しつけていたが、やがて体を離した。

「そう、きみは冷たい女だ」彼はもう一度言った。

エリザベスは逃げ出した。体がわななき、ころびそうになりながら走った。

5

その日の午前中、フラー伯母とガーディナー姉妹はマーケットのある町へ買い物に出かけた。調整食料品売場には、さいの目に刻んだビートの根からにんじんまであらゆる種類のサラダを始め、ソーセージなどの冷肉類にいたるまでそろっていた。飽くことなく眺めているビッキーを残して、フラー伯母とエリザベスはパン屋をのぞき、焼きたてのパンを買った。

「それから、チョコレートパンがいいわ。お子さま向きだけど、ビッキーが大好きなの」エリザベスが言った。

「そういえば、けさの寝起きのビッキーは、顔は桃色だし、髪も房にして、六歳ぐらいにしか見えなかったわ。あなたは早く起きたのね?」

「ええ」そう答えて、エリザベスはすぐ話題を変えた。「お昼にテディ・ハートフォードが訪ねてくることは忘れていらっしゃらないでしょうね?」

「もちろんよ。お天気がよければ、お弁当を作って森にピクニックに行きたいと思っているの。そこにしかない何種類かのハーブを見せてあげたいと思ってね」フラー伯母はパン屋の主人と客たちにそれぞれ「さようなら《オ・ルヴォワール》」と声をかけて店を出た。相手もいっせいに挨《あい》拶《さつ》を返した。

　初めてフランスを訪れたとき、エリザベスは、フランスの人たちがこうした礼儀正しさにどれほど気を遣うか、まったく気づかなかった。明るく気軽に振る舞って、びっくりしたように見つめられたものだ。あるとき「フランス人は冷たいのね」とデイミアンに言うと、彼は笑って答えた。「フランス人のことを説明してあげるよ、ダーリン……。店に入ったら、そこにいるみんなに〝おはようございます〟を言って、出るときには〝さようなら〟をきちんと言わなければいけないんだ。知らん顔をすると、きみは育ちの悪い礼儀知らずということになるんだよ。堅苦しいと思うかもしれないが、それが人間らしく生活するということでね――フランスではキャベツ一つを買うのだって大事なことなんだ。礼儀作法を心得て、ほかの人たちに敬意を払うことが基本になっているんだ」

　デイミアンはイギリス人だったが、ほとんどフランスに住んでいたので、フランス人と同じものの考え方をした。フランスの文化やフランス人の生活態度を愛した。彼自身、感情の激しい性格だったので、そうした礼儀作法の枠に従って、自分を抑える必要があったのだろう。

「何を考え込んでいるの？」フラー伯母が笑ってきいた。二人は中世風の狭い道路を歩いていた。向こうに日だまりの広場が見える。老人たちが〝ブーイ〟と呼ばれるローンボーリングを楽しんでいた。あれも儀式とか形式を重んじる遊びで、ゆっくりとした慎重な物腰だが、闘志はすさまじく、ルールに従いながらも、勝ち負けは一大事なのだ。

「ここでは何もかもフランス的だと思って」エリザベスがとりとめもなく言うと、フラー伯母はおかしそうに笑った。

「だから、いいんでしょう？　世界は日一日と狭くなって、西へ行っても東へ行っても、似たような町が増えているでしょう。摩天楼がそびえ、高速道路が走り、ハンバーガーやコカコーラがあふれ……最後にはみんながロボットになってしまうんじゃないかと思うわ。だけど、少なくともフランス人は自分たちの個性を守りつづけようとしているのよ。あのファーストフードの氾濫《はんらん》はどうかしら――だれもがそれでいいと思っているのかしらね？まるでプラスチックのように見えるし、プラスチックみたいな味気なさだもの。これではいけないわ。時間をかけて、苦労して作ったものが食べたいわ。見て美しく、食べておいしいものがね」

「最近では何もかもインスタントですものね。みんな時間を惜しんで、食べる喜びに手間をかけないんだから。冷凍食品をオーブンに入れるか、缶詰を開けるだけだもの」

フラー伯母はぞくっと体を震わせた。「みんな、なんのために時間を節約するんでしょうね？　時間を作って、何をしようというのかしら？」

「テレビを見るためよ」エリザベスは笑った。

「なんて生活なんでしょう！　いらいらしているのも無理はないわ、胃袋が食い荒らされているのね」

フラー伯母は肉屋に入り、エリザベスは、木陰で老人たちのローンボーリングを見ていたビッキーに手を振った。自転車に乗っていた少年が、赤いジーンズと白いTシャツを着ているビッキーの曲線美に見とれて、くるりと向きを変えた。ビッキーがほほ笑むと、少年は赤くなってほほ笑み返したが、その拍子に小石に乗り上げてしまった。

近づいてきたビッキーをエリザベスはからかった。「あんまりふざけるものじゃないわよ。かわいそうに、あの男の子、ころぶところだったわ」

「自転車に乗っているときは、よそ見しないことって、教訓になったはずよ」ビッキーは満足そうだ。「伯母さまに頼まれた、ぶどうとプラムとサラダの材料はみんな買ったけど、まだほかに何かいる？」

「もうこれでおしまいだと思うわ」

フラー伯母が出てきたので、エリザベスは伯母の重そうな買い物かごを受け取った。

「コーヒーでも飲みましょう」フラー伯母が言った。広場の向こうにバーがあり、舗道にテーブルと椅子を二、三出している。三人は歩いていき、そこへ腰を下ろした。太陽は明るく輝いているが、どこかで雷鳴がし、空気は湿っていた。コーヒーを飲み終えると、空が急に曇り、暗くなった。雨が降りだす前に、三人は急いで車へ戻った。

雨の中を車を走らせていると、ビッキーは憂鬱《ゆううつ》そうに窓の外を眺めていた。「これじゃ、テディは来ないわね。植物の観察には出かけられないもの」

「晴れるかもしれないわよ」フラー伯母は荒れ模様の空を見上げて言った。

ビッキーは大きなため息をついた。「希望がまったくないわけじゃないと思うけど」

「そんなに悲観しないものよ！」エリザベスは笑った。

車が家に着くと、三人は買い物袋をかかえて中へ駆け込まねばならなかった。エリザベスは金髪がぬれて頭にはりついたようになり、ブルーのシャツも背中にぴったりとくっついていた。キッチンに買い物袋を投げ出すと、二階に駆け上がり、服を着替えた。着替えをするのはこの日はこれで二度目だ。けさ川へ行ったときに着ていたシャツとジーンズはぬれて、泥がこびりついたままだ。幸い、エリザベスが戻ってきたときには、まだビッキーも伯母も起きていなかったので、気づかれずに部屋に入り、着替えることができたのだ。早く洗濯をしないと、着るものがなくなってしまう。

エリザベスはネイビーブルーと白の縞《しま》のドレス姿になり、髪をとかして乾かし、軽く顔にかかるようにした。窓の外を見ると、空は鉛色で、庭の木の枝葉が激しい風に揺れている。雨水が地面のくぼみを伝って水たまりに流れ込み、庭の向こうの森は霧にけぶっている。エリザベスは寒くて震えながら、イーブ・ド・ラバールの唇の冷たい感触を思い出していた――彼はなぜあんなふうにキスしたのかしら？　あのときは、わざと侮辱しようとしてキスしたのだと思った。敵意のこもった不快感からキスしたのだろうが、あの冷たいキスの裏に、エリザベスはいまも何か官能的な激しさを感じてひるんだ。戦慄《せんりつ》が全身に走った。

イーブは彼を愛してやまない女性と結婚している――それなのに、どうしてわたしにキスしたのだろう？　何かわけがあるのだろうか？　どれほどわたしを軽蔑《けいべつ》しているか、わからせるためかしら？　彼の言葉は少なかったが、一言一言が辛辣《しんらつ》で冷たかった――それにもかかわらず、あの冷たさを一枚はげば、どうなのだろう？

あの氷のような冷たさはきわめて薄い皮膜で、それをはげば、黒々とした水がよどんでいる感じだ。下手をすれば、深みにはまる――エリザベスはイーブの冷酷な顔の裏にかくされた秘密を想像して、身震いした。

イーブはデイミアンの友達だった。デイミアンからどの程度わたしのことを聞いているのかしら？　デイミアンは嫉妬《しっと》に狂っていて、わたしのことをよく言うはずはないから、きっとデイミアンとのことで誤解されているんだわ。

だが、誤解を解こうとしても、イーブがわたしの話を信じるわけがない――彼はデイミアンを信じるだろう。デイミアンと一緒に車に乗っていて、デイミアンは死んだのに、自分だけ生き残ったからだ。後ろめたさがあるのだろうか？　彼はけさ〝良心がとがめてか?〟と言ってわたしを責めた。あのときは、真実をつかれた思いで、わたしもたじろいだが、いま静かに考えてみると、あの言葉は彼自身にも向けられたものだったのかもしれない。イーブもわたしも生きている——デイミアンは死んで、死は生きている者に大きな影響をおよぼすのだ。

テディ・ハートフォードは正確に午後一時に現れた。雨は上がっていたが、空はまだどんよりとし、空気は湿っていた。

フラー伯母はすぐにみんなに声をかけた。「さあさあ、いい子たち、お昼にしましょう!」

テディはテーブルに並べてあるオードブルをまじめな顔つきで見つめた。「おいしそうだ! ぼくはほんとに家庭料理に飢えていたんです。テント生活ではパンとチーズだけですからね。ぼくは料理ができないんですよ」

「料理ができないですって?」ビッキーが眉を上げた。

エリザベスが声をあげて笑った。「ビッキーは料理のできる男の人としかデートしませんのよ」そう言って、彼女ははっと口をつぐんだ。妹が怒り狂った目つきでにらみつけたからだ。

テディは無邪気に明るい笑顔をビッキーに向けた。「ぼくに誘いをかけているんだね? ぼくも早く料理の本を買ったほうがよさそうだ、そうだろう?」

「おかしいのよ！」ビッキーは吐き出すように言って、またエリザベスに不満そうな視線を投げた。「姉はすぐ結論に飛びつくんだから。それも間違った結論によ」

「それを聞いてほっとしたよ」アンチョビを取りながら、テディが言った。「ぼくは実を言うと古風なんだ――自分を売り込むようだけど」

ビッキーは明らかに動揺していた。落ち着かなくなってエリザベスが「冗談よ」と言うと、ビッキーはうわずった笑い声をあげた。

昼食のあと、四人はそろって森に出かけた。青空が見え始めていたが、木の枝からはしずくが落ち、風はまだ獣のような泣き声をあげて吹いている。エリザベスは寒くて、植物観察にも興味がわかなかった。家に残ればよかったとも思ったが、そうすれば、一人であれこれ思い悩むことになり、あまり楽しくはなさそうだ。

ほかの三人はしだの茂みの中に踏み込み、エリザベスだけ遅れた。ポケットに手を突っ込んでぶらぶらしているうちに、一人だけ川岸に出ていた。三人の興奮した話し声が遠くで聞こえる。エリザベスは灰緑色の川の流れをぼんやり眺めた。川面には嵐《あらし》のあとの木の葉や折れた枝、それに古タイヤやねずみの死体が浮いている。ねずみの死体から目をそらして、デイミアンの住んでいた塔を見た。

雨ざらしにあった古い石造りの塔はかすかな日ざしの中で青みがかった灰色に光っていた。エリザベスはゆっくりそちらのほうへ歩いていった。すると、ドアが開いて風に揺れているのに気づき、体が凍りついてしまった。

だれか住んでいるのだろうか？　デイミアンは自分の生まれや育ちのことは話したがらず、エリザベスの質問も避けていた。だから、だれかがデイミアンの塔を相続したかもしれないとは、これまで思いもしなかった。彼が所有していたものは、エリザベスが知っているかぎり、何年か住んでいたこの塔だけだ。絵が残されているとすれば、その価値は計りしれないことだろう。

エリザベスは開いたドアの入口に立って、何か物音がしないか、耳をすました。何も聞こえない。恐る恐る中に入り、居間につづく階段の上に向かって声をかけた。「こんにちは？」デイミアンは一階を納屋として使っていたが、かつては水車場として、あるいは川漁の盛んだったころには漁網置き場として使われていたという。十八世紀には銃砲や弾薬置き場でもあったらしく、あるとき爆発が起きて、壁に大きな穴が開いたこともあったという話だ。デイミアンはこの塔を住宅兼アトリエとして使い、二階の窓は大きくして、採光をよくしていた。

エリザベスは今度はフランス語で呼んでみた――やはり返事はない。しばらくためらっていたが、彼女は階段を上り始めた。デイミアンの住まいをもう一度見てみたいという誘惑に負けたのだ。中はなんとなくかび臭い。石壁はれんがより水を通さず、表面がじめじめしている。排水の設備がないからだ。この地方で切り出したさまざまな形の大量の石が積み上げられている。階段には古いロープが張ってあり、手すりの役目を果たしている。エリザベスの足音がかすかにこだまし、吐く息が荒くなった。階段の上に達すると、またドアが開いていた。

「こんにちは、どなたかいますか?」大きな声がむなしく響いた。

エリザベスはさらにドアを押し開けた。ドアがきしみ、彼女は飛び上がった。何かが動き、叫び声をあげそうになった。目を見開くと、長く細いしっぽがするりと消えていった。エリザベスはぶるっと体を震わせて、目を閉じた。ねずみだったのだ! デイミアンも、川の土手からねずみが侵入してきてパンを食い荒らす、とよくこぼしていた。彼はわなは仕掛けたのだが、近くの農家から遊びに来る猫を殺すことになってはいけないというので、ねずみとりの毒は使わなかった。猫が好きで、暇なときはよくスケッチし、スケッチブックは猫でいっぱいだったものだ。

彼女は居間の中を見まわした。昔とちっとも変わっておらず、懐かしい。丸い周囲のどの方向にも窓がついていて、白くペンキを塗った壁には、デイミアンや友人たちが描《か》いたスケッチ、水彩画、油絵がかけてある。床にはカーペットは敷いておらず、磨き上げた木肌に濃い褐色のしみがついていた。壁際に、背に玉飾りのついたワインレッドのビロード張りの椅子がいくつかあり、そのほかテーブル一つ、紙の散らばったデスク、それにグリーンの絹のかさの電気スタンドがのった予備のテーブルと寝椅子が置いてある。デイミアンはぜいたくは好まず、家具は中古を買って、自分で上手に改良した。

エリザベスは居間を歩きまわり、品物を手に取っては眺めた。

デスクの上の紙類の間に、スケッチブックが開いてあった。エリザベスはぎょっとした。自分の姿が描いてあったのだ。

エリザベスが裸で川から上がってくるところを描いたものだった。髪が乱れて顔にかかり、手を上げて、それを直そうとしている。省略した線でさっとスケッチしてある胸のふくらみから、腰にかけての曲線を見て、エリザベスはショックで、のどがからからになった。

デイミアンはいつこれを描いたのだろうか？　その次のページにもエリザベスのスケッチが描いてあった。ジーンズにシャツを着て歩いているところで、肩越しに振り向いた顔に髪がかかっている。目は大きく見開いて真っすぐにこちらを見ている。

エリザベスは悲しくて涙がこぼれそうになり、唇をかんで抑えた。ちょっとしたスケッチでもほんとうに生き生きとしていて、まるできのう描いたかのようだ。これほどのすぐれたテクニックを持ったデイミアンももう絵筆を取ることはないのだ。

エリザベスは冷たい石の壁に寄りかかり、目を閉じて涙を抑えた。落ち着いたので、スケッチブックをもとに戻し、引き揚げようとした。そのとき、ふと何か変だと気づいて、またスケッチブックを取り上げた。

初めは何がおかしいのかわからなかったが、エリザベスは眉を寄せ、ページをめくって見ているうちに気がついた。

髪だった――一つのスケッチでは、髪はゆるく顔にかかり、端のほうは肩にかくれて見えない。もう一つは柔らかく肩にまでかかっている。

どちらも髪はかなり長い。ニューヨークではカットもせず伸びるままにしておいたので、いまでこそ髪は長いのだが、二年前はショートカットだったのだ。それなのに、デイミアンはなぜわたしの髪を長く描いたのかしら？

川から出てくるところのスケッチをもう一度見た。髪はぬれている。それにしても長すぎる。ほかのページを探したが、あとは木とか川とか塔や猫ばかりで、エリザベスのスケッチはない。

もう一度もとのページを開いて、二年前のデイミアンの描き方と比べてみた。あのころと目に見えて違うところはない。表情とか印象をできるだけ情緒的にとらえ、素早くスケッチしたものだ。線も少ない。エリザベスは美術の専門家ではないが、絵を描くデイミアンを見て過ごす時間が長かったので、このスケッチが彼の手になるものであることはわかった――よほど腕の立つ画家が彼のスタイルを意図的にまねたとすれば別だが。

だけど、いったいだれがデイミアンの画風を模倣したりするだろうか？　エリザベスは壁に近づき、かけてあるスケッチや絵を眺めた。

もちろん、デイミアンの絵はいまや大変な価値がある。偽物を作ってもお金にはなるだろう。だが、それくらいの腕のある人間なら、デイミアンよりもっと有名な画家の作品を偽造するのではないだろうか？

エリザベスはまたスケッチブックに歩み寄り、自分のヌードの作品を熱くなって眺めた。デイミアンでないとすれば、だれが描いたのだろう？　けさわたしが泳いでいるところを見ていたのはだれなのだろう？

音がして、エリザベスはくるりと振り向いた。震える手からスケッチブックが床に落ち、散らばった。

イーブ・ド・ラバールが入口に立って、目を細め、敵意をむき出しにしてにらみつけていた。「こんなところで何をしているんだ？　不法侵入をする癖でもあるのかい？」

エリザベスは心臓がどきどきして、しばらくは口もきけなかった。「この塔もあなたのものなんですか？」デイミアンが亡くなったあと、イーブがこの塔を買い取ったのだろうか？

「きみが所有しているわけじゃないんだから、きみはこんなところにいる権利はないんだ」

「ドアが開いていて……もしかして……」

「なんだって？」イーブはゆっくり入ってきた。エリザベスはおびえた。襲いかかられそうな予感がしたからだ。彼の動きには飼い猫が野生に戻ったようなしなやかさがあり、すきがあれば飛びかかりそうだが、その瞳はずるさも秘めていた。「もしかして、なんだっていうんだ？　すべては間違いで、デイミアンが生きていて、絵でも描いているんじゃないかって、思ったのかい？」

エリザベスは真っ青になって彼を見つめていた。

イーブは冷ややかにつづけた。「ぼくはしばしばここに来て、いつもデイミアンに会えると思いつづけてきた。この塔を見るたびに、この塔は彼のものだ――そんな感じがするんだ」イーブはいまは体が触れんばかりに近づいていたが、精神的にも肉体的にもエリザベスからは距離を置き、さも軽蔑するように口もとをゆがめていた。「デイミアンもきみにはここに来てほしくないはずだ」その言い方にエリザベスはひるんだが、急に怒りもこみ上げてきた。

「どうしてそんなことがおわかりになるの？　あなたにはそんなことを言う権利はないわ」わたしとデイミアンのほかに、だれがわたしたちの気持をわかるというのだろう？イーブなんかに心の中までわかるわけがない。

「良心がとがめるのかい？」イーブは冷たくからかうようにきいた。

「あなたはどうなんですの？」

その問いかけに、彼は眉を寄せた。そうでもしなければ、彼のなめらかな青白い顔には表情はない。しわ一つなく、エリザベスは仮面のようなその冷たさに身震いした。ある意味では、その顔は美しかった。敵意のこもった男性的な美しさだ。その敵意がなんなのか、彼女は突きとめることはできないのだが、それは黒い瞳の中に鬱積していて、何かを伝えようとしていた。彼女はめまいのようなものを感じ、自分の考えさえ見失っていた。

「ぼくはあの車を運転していたわけじゃないんだ。運転していたのはデイミアンなんだ。だから彼は死んだんだ——ハンドルに突き刺されて……」

「やめて！」エリザベスは叫び、その場面を想像して、身震いしながら顔をそむけた。

イーブは彼女の腕をつかみ、顔を自分の方に向けさせた。「シャンタルがきのう思い出させてくれたんだが、衝突事故を起こした日、ぼくたちはきみのことを話していた。ぼくの家に来て、彼は昼食をしたんだが、きみのことしか話さなかった。車をぶつけたのはそのせいかもしれない。きみのことが原因で、彼は荒れていたからね」

イーブは顔をしかめ、落ち着かない表情だ。エリザベスはあとずさりした。足がスケッチブックに触れた。イーブが拾い上げ、ヌードのスケッチに目をとめた。彼女は奪い取ろうとした。

「赤くなったりして、どうしたんだ？　きみの裸をぼくは見たことがあるんだよ。きれいな体だ。ほかの男もきみにそう言ったことがあるはずだ。恥ずかしがっているようなふりはしないほうがいい。気取ったって、ぼくは何も感じない」

「わたしはなにも気取ったりはしてませんわ」エリザベスはつぶやいたが、じっと見つめられて、うなじの髪の生え際がかっと熱くなる。

「きみは男たちを狂わせる。デイミアンもきみとのことで頭がおかしくなった。きみがそうさせたんだろう?」

「うそよ！　そんなこと……」

「そうかな?　きみは退屈して、ほかの男といちゃついた。デイミアンが怒ったら、きみは出ていった。みんな知っているんだよ。ぼくにうそをついてもだめだ」

「あなたにはわかっていないわ。デイミアンはしつこくて……」

イーブは耳障りな笑い声をあげた。「相手がしつこいと、きみは退屈するのかい?　きみはおもしろおかしいことのほうが好きなんだ、そうだね?　人生を大いに楽しんで……相手の深い感情は迷惑だから、見向きもしない」

「そんなにご自分の考えを押しつけないで！　そんなことじゃなかったのよ……」

イーブが一歩近づいてきた。彼のきらきら光る黒く深い目がすぐそばにあった。「じゃ、どうだったっていうんだ?　きみは何を求めていた?　ぼくに想像できるか、ためして……」

イーブの唇が触れてきた。その冷たさに、エリザベスは一瞬すくんだが、すぐに火がつき、唇を分けられていた。彼は両手で彼女の顔をはさみ、いまは飢えたような激しさで唇をむさぼっていた。エリザベスは倒れないよう、彼のシャツにしがみついた。イーブは今度は片腕で彼女を抱き、もう一方の手で胸をまさぐった。エリザベスはうめき、目を閉じた。もう抵抗できなかった。背中に彼の手がまわり、ファスナーをそっとさげると、中にすべり込んできた。

肌と肌が触れ合い、その刺激に酔って、エリザベスはもう何も考えることができなかった。こんなことをさせてはいけない、と理性がしきりに警告している。だが、彼女はドレスがすべり落ちたのもわからなかった。手はイーブの頭を押さえ、唇は離されたら死んでしまうとばかりに、相手に応《こた》えていた。この二年間、これほど激しくキスされ、キスを返したことはなかった。長く抑えてきた欲望にかられ、エリザベスは相手がだれかもわからなくなったまま、夢中で彼の体に自分を押しつけていた。

手が震えていた。冷たくなったり、かっと熱くなったりしながら、イーブのシャツのボタンをはずし、のどから肩へと指をすべらしていた。たくましい首筋から温かい胸へと手が動く。

イーブが膝で押したので、エリザベスは寝椅子に倒れた。彼女はショックで大きく目を見開いた。夢うつつで官能の喜びに浸っていた状態から覚めていた。ドレスを脱がされ、裸になっているのに初めて気づいた。彼女ははっと息をのんで、イーブを見上げた。彼は意地の悪い笑みを浮かべて、ゆっくりシャツのボタンをかけていた。

「これがきみの求めていたものだったんだろう？」その声は氷のように冷たかった。「五分もすれば、ぼくはきみを自分のものにできた――だれだってきみをものにできる。きみはだれとでもこういうことをする女なんだ」

エリザベスは死んでしまいたかった。自分が、彼が、彼の残酷な黒い瞳が憎かった。彼は軽蔑と不快感をかくそうともしていない。すっかりはずかしめられ、エリザベスは目をそらした。そのとき、彼女を呼ぶビッキーの声が聞こえた。

「リズ？　リズ、どこに行ったの、リズ？」

イーブはあわてずドアの方へ歩いた。「早く服を着たまえ。さっさと出ていって、ぼくの土地には近づかないことだ」冷たくそう言い放つと、彼は石の階段を下りていった。

6

三日後、日当たりのいいキッチンで朝食をとっていると、ふとビッキーがエリザベスに声をかけた。「きょうテディとアンジェーに行く約束、忘れてないでしょうね？」

外の木がレースのような影を床に落としているのを見ていたエリザベスは、びっくりして顔を上げた。「なんですって？」

「まったくぼんやりしているんだから」ビッキーは顔をしかめた。「目を覚まして、リズ！　きょうはアンジェーに行くって言ったのよ」

エリザベスは眉を寄せた。「行かないといけない？　きのう、きつかったでしょう。わたしはもう観光には飽き飽きしてるの」

姉妹はきのうもロアール川周辺の古城ではいちばん人気のあるシュノンソーに出かけたばかりだった。緑の庭園を散歩したあと、古城につづく橋の下の水路で、ボートにも乗った。ビッキーは初め大いにはしゃいでボートをこいでいたが、やがて腕が痛いと言って投げ出し、エリザベスがあとはずっと引き受けた。

「かわいそうに」ビッキーがからかった。「お姉さんには無理だったんじゃない？　具合が悪くなるわよ、あんなにこいだりしたら。そこがお姉さんの悩みよね」

「わたしの悩みは妹よ。ボートに乗りたいなんて言いだして、結局わたしにオールを持たせるんだから！」

　キッチンで姉妹の会話を聞いていたフラー伯母が口を出した。「リズ、あなたが家にいたいのなら、わたしも残るわ。一日じゅう一人ではいやでしょう？」

　ビッキーが困った顔をして唇をかんだ。その表情がおかしくて、エリザベスは笑いだしそうになった。ビッキーはテディと二人だけにはなりたくないのだ。二人だけになると、雰囲気が重苦しくなるからだ。

「いいえ、わたしは大丈夫よ。一人で庭でのんびりしているわ。本を読んだり、音楽を聴いたり、それから手紙も書かなくちゃ。お父さんとお母さんはわたしたちがどんなふうに休暇を過ごしているか、知りたがっていると思うの」

　伯母はためらっていた。

　エリザベスは強く言った。「ほんとよ」

　ビッキーがほっとして言った。「お姉さんは大人ですものね。さあ、伯母さま、まだ用意できていないんでしょう？　テディはもうすぐ来るわ……わたし、早くアンジェーで鹿《しか》が見たくって。絵はがきで見たことがあるの。城壁の中で鹿を飼うなんて、最高ね。餌《えさ》をあげてもいいのかしら？」

フラー伯母が答えて言った。「それはだめよ。はね橋や城壁の上から見られるだけで……」

伯母と妹が話しながらキッチンを出ていくと、エリザベスはデッキチェアを庭の木陰に出し、ペーパーバックの本を何冊かとサングラスを用意した。それから二階に上がり、白いショートパンツと胸もとを赤い大きなリボンで結んだ短いトップスに着替えた。テディが車で迎えに来た。エリザベスはいつもと変わらないように見せようと、できるだけ明るい笑顔で玄関のドアから手を振り、三人を送り出した。塔でイーブ・ド・ラバールに会ってからの三日間はずっとそんな具合だった。無理に笑顔を作ってきたのだ。作り笑いをするのがもういやになっていた。

あのとき、ドレスを着けたか着けないうちに、塔の入口でまた、ビッキーの甲高い神経質そうな声がした。「リズ、中にいるの？」

エリザベスは震える手で乱れた髪を直しながら、あわてて階段を下りていった。さっきまでのことが表情に出ていなければいい、イーブも姿を消していますように、と祈りながら。イーブと顔を合わせることにはもう耐えられなかった。妹と伯母の前で、彼のさげすむような黒い瞳にさらされたくなかった。そんな目でイーブに見られては平気でいられないからだ。だが、その彼の姿はなく、エリザベスは素知らぬ顔で笑みを浮かべることができた。「あら、何かおもしろい植物は見つかったの？」

「一体全体、そんなところで何をしているの？」ビッキーはいつものように単刀直入だ。

「ドアが開いていたから、入ってみただけよ」エリザベスは目を合わせてもいちばん安心なテディにほほ笑みかけながら答えた。彼なら、伯母や妹がなぜ心配しているのか、見当もつかないだろう。テディはポケットに手を突っ込んで、興味ありげに塔を見上げて立っていた。

「この塔はなんだろう？」

テディの質問は耳にも入らず、ビッキーは伯母にきいた。「この塔にだれか住んでいるのかしら？」

フラー伯母は首を振った。「いいえ、なぜドアが開いていたのかわからないわ。鍵《かぎ》がかかっているはずなのに」

「中世の塔みたいだな」テディが言った。

「そうなの。ここのお城より四世紀も古いのよ」フラー伯母が答えた。

「持ち主はずっと同じ人なんですか？」

テディの質問に、伯母はエリザベスを見てためらっていたが、やがて「そうよ」と言った。

ビッキーがびっくりしていた。「ほんとに？　それは、それは！」

エリザベスはその場を離れた。胃袋が締めつけられるようだった。一人になりたかった。だが、一人になれるのは、夜になって自分の寝室に引っ込んでからだった。そのときはもうすっかり疲れて、考えてみる気力もない。ぐっすりやすんで疲れを取ろうとするのだが、朝起きたときは緊張であごが痛いくらいだ。気持を偽って、楽しそうな表情をつづけるのも、日を追って苦痛になってきた。伯母や妹も気づかないくらい、うまくやってきたのだが、いまでは顔の筋肉が硬直したような感じだ。

デッキチェアに体を伸ばし、エリザベスは日光を浴びた。サングラスは本の上に落ちていた。腕や脚や顔はいっそう日焼けし、あとでサンオイルを肌に塗り込まねば、と思う。でも、あと三十分ぐらいはここに横になって、静けさを満喫しよう。

イーブ・ド・ラバールの腕に抱かれたことを思うと、エリザベスは吐き気がするほど自分がいやになった。どうしてあんなことをさせてしまったのだろう？　あんな男は知りもしないし、好きでもない。怖いだけなのに——なぜわたしは自制心も体裁も忘れ、狂ったように彼にしがみついてしまうのだろう？　自分ではそうなりたくないと思っているのに、どうして彼にさげすまれる女のように振る舞ってしまうのかしら？

大きな石にひしがれ、ひそかに這《は》いまわるように、いくつもの疑問が心の中でうごめく。そんな疑問を追い払おうとして、エリザベスは目を閉じたが、むだだった。なぜあんなことになったのか、突きとめねばならなかった。

エリザベスは自分を責めた。彼が言ったように、わたしはふしだらな女、と決めつけてみたが、そうも思えない。欲望にあえぎ、抵抗もせず、相手に愛撫《あいぶ》を許した自分がわからないのだ。イーブを愛しているのなら、話は別だが、それどころか彼が怖くてたまらないのだ。彼を見ただけで、背筋が寒くなり、ひるんでしまう。彼は決して甘く魅力的な男性ではなく、人目を引く顔をしているが、その顔には何かしり込みしてしまいたくなるような表情がひそんでいる。あの冷たいハンサムな風貌《ふうぼう》の裏に何がかくされているのか見当もつかないが、表情は抑制された仮面のように思えて仕方がなかった。

エリザベスは途方に暮れた目を上げて、青い空を眺めた。あのスケッチブックの線描を思い出す。デイミアンの手法そのままで、わたしの髪さえ長く描《か》いていなければ、彼の作品だと断言しただろう。でも、長い髪のわたしをどうしてデイミアンが描けたのだろう？ショートカットのわたししか知らない彼がどうしてあんな描き方をしたのだろうか？

だれかがデイミアンの手法をまねているのかしら？ そうだとすれば、だれだろう？イーブ・ド・ラバール？ しかし、イーブだとすれば、なぜだろう？ フラー伯母によれば、彼はパリからやってきたお金持の銀行家で、古城を買い取り、改修することもできるような人なのだ。その彼がなぜデイミアンの絵をまねたりするのかしら？

日光に当たっているうちに、肌が熱くなった。エリザベスはサンオイルをてのひらに受け、ゆっくり腕や脚にすり込んだ。

イーブ・ド・ラバールがデイミアンの作品を偽作したとすれば、それはわたしをはずかしめようとする策略としか考えられない。しかし、そんなことはあまりに異常すぎて、とても信じられることではなかった。

車が衝突したとき、イーブは運転していなかったかもしれないが、何かあの事故にやましさを感じているのではないのだろうか？　とにかく、デイミアンは亡くなり、彼は生きているのだ。長年の親友同士だったとしたら、そのことだけでも、何かつらい思いがあるのではないかしら？

イーブは無意識のうちにデイミアンになり代わろうとし、そのことで償いをしようとしているのではないだろうか？　デイミアンの作品をまねて描き、デイミアンが愛した森や川岸を歩き、デイミアンと同じように、わたしに敵意を示し、同時に残酷な性的魅力でわたしを引きつければ、デイミアンが生き返ってくるとでも、知らず知らずのうちに考えているのではないだろうか？

エリザベスはぎごちない手つきでサンオイルのびんのふたをして下に置き、心を静めようとした。自分の考えていることはどこかおかしい、と思ったからだ。

わたしは心のバランスを失っているのだろうか？　デイミアンに対して、何か後ろめたさを感じているという事実についても、突きとめねばならなかった。デイミアンの死を知って以来、エリザベスは気持が動転していた。あの夢はなんだったのだろう？　フランボワーズに着いた晩、だれかが柳の木の下でわたしを抱き、キスした。それをデイミアンに違いない、と思い込んでしまったのは、なぜだろう？

デイミアンは亡くなっているのだ。その彼が川岸に現れ、わたしにキスするはずもない。だれかがあそこにいたのだろうか？　みんなわたしの妄想かしら？

それとも、あれはイーブだったのだろうか？　そうだとすれば、シャンタルが夫のおかしな挙動を知っていて、だれもいなかったと否定するのも無理はない。

どちらかが普通ではないのだ。わたしか、それともイーブ・ド・ラバールのどちらかがおかしいのだ。すべてがわたしの頭の中の空想のできごとなのか――それともイーブの頭の中がそうなのか？

エリザベスは体を伸ばし、サングラスをかけて本を読もうとした。日ざしが強くなり、デッキチェアを桜の木陰にずらした。時計を見ると、もうお昼だ。冷蔵庫にはサラダの材料がたくさんある。あまりお腹《なか》はすいていないので、チーズとサラダを食べればいい、と思った。

三十分後、エリザベスはけだるい体を起こして、家に入り、シャワーを浴びた。そして、膝までの長さの、ゆったりしたグリーンのコットンのチュニックに着替えた。

キッチンに下りて、オイル、レモン、ビネガーのドレッシングをていねいにかきまぜ、それにレタス、チコリー、きゅうりをまぜて、最後にこしょうを振って、ぱりぱりのグリーンサラダを作った。それとフランスチーズのいくつか――ハーブの風味をきかせたゴートチーズに軟らかなブリー、それに皿から流れ出そうなカマンベールを選んだ。

　昼食のあと、エリザベスは物音一つしない家の中の静けさと、庭のかすかな息づき、小鳥の鳴き声や木の葉を揺する風のささやきに耳を傾けていたが、外に出ると暑そうなので、寝椅子に横になって昼寝をすることにした。

　目が覚めたときはもう午後遅く、木々は壁に青い影を落とし、暑さもやわらいでいた。エリザベスはあくびをして起き上がったが、落ち着かない。時計を見ると、四時だ。みんなはアンジェーから何時に戻ってくるのかしら？　きっと買い物をしてくるのだろう。急に一人では退屈になり、エリザベスは絵はがきを買いに出かけることにした。マックスにはすでに出したのだが、会社の友達にも便りを書かねばならないと思ったからだ。

　フランボワーズは小さな村で、狭い曲がりくねった上り坂の道が一本しかない。ちょっとした広場には、警察官の派出所とバーの向かい側に十六世紀に建てられた教会がある。パン屋や肉屋も並んでいる。広場はフランスの町や村に必ずある革命広場で、教会の近くには戦争記念碑が建っている。第一次大戦に参加した兵士が片手に銃を持ち、もう一方の手で天を指さしていて、足もとには花輪が飾ってある。花崗岩《かこうがん》の台座には〝祖国のために死す〟と刻んである。教会の塀に沿ったベンチで二人の老人が居眠りをしていたが、エリザベスが通りかかると、目を開けた。

「こんにちは《ボンジュール》」エリザベスが声をかけると、老人たちは用心深げに応《こた》えた。

彼女はバーで絵はがきを買い、アイスチョコレートを飲んで、パン屋で焼きたてのパンと、アーモンドと砂糖を練り合わせて作ったマジパンを買った。

帰りは車一台しか通れない近道を歩いた。両側は高い土手になっていて、その向こうのぶどう畑は見えない。

後ろから車が走ってくる音がした。振り向くと赤い小型のルノーだ。驚いたことに、シャンタル・ド・ラバールが運転していた。なんだか怒って顔がこわばっている。

エリザベスは車のボンネットにはね倒されそうになり、あやうく飛びのいた。土手に横倒れになり、顔や手がとげで刺された。

ショックで震えながら、エリザベスはしばらく溝に顔を伏せたままだった。車がブレーキの音をきしませてとまり、駆けてくる足音が聞こえた。

エリザベスはあわてて起き上がろうとした。シャンタルが青い顔をして、しゃがみ込んでいる。

「まあ《モン・デュー》、悪いことをしたわ《ジュ・スィ・デゾレ》……すみません《パルドネ・モワ》……」シャンタルはすっかり動転していた。

「まあ《モン・デュー》、そのお顔《ボートル・ビザージュ》！　ごめんなさい《ジュ・スィ・デゾレ》！」

「ひどい運転をなさるのね。ひ、ひき殺されるんじゃないかと思ったわ」エリザベスはどもりながらやり返した。

二人の視線が合い、シャンタルはしり込みした。エリザベスははっとして青ざめた。

「まさかあなたはほんとにわたしを……」

「とんでもない！」シャンタルはしどろもどろだった。「そんなこと考えてもいなかったし、そんなつもりも……あるはずがないわ。何も考えていなかったの、わかるでしょう……わからないの？」

エリザベスにはシャンタルの口ごもりながらの早口のフランス語はわからなかった。なんとか立ち上がったが、よろけた。シャンタルがあわててその肩を抱いた。

「お願い、顔を見せて。血が出ているわ。ああ、わたしはなんてことをしたのかしら！痛みます？」

「大丈夫よ。どこかに座りさえすれば……」

「車の中へどうぞ」シャンタルはエリザベスを自分の車の方へ促し、座席に座らせた。エリザベスはけがだけでなく、車が突進してきたショックから気が遠くなり、両手で頭をかかえた。

シャンタルがエンジンをかけた。「お医者さまへお連れするわ」

「いいえ！　その必要はないわ。すぐよくなるから……ちょっとふらふらするだけですもの」

「ほんとに？」シャンタルはほっとした様子だった。事故のことは表ざたにしたくないのだろう。無暴運転に問われれば、少なくとも免許証を失うし、場合によっては罰金を払わされるか、短期間でも刑務所に入らなければならないからだ。

「ええ、大丈夫よ」エリザベスはそう答えたが、悪寒がして、前にもたれた。しばらくして、シャンタルは車をとめ、心配そうにのぞき込んだ。

「大丈夫？」

エリザベスはゆっくり上体を起こした。「すぐよくなるわ」そう言ってから、短く笑った。「実を言うと、気つけのお酒がほしいの」

シャンタルに支えられ、門を入って初めて、エリザベスはラバール家の古城に来ていることがわかった。石だたみにしっくいを塗った石壁、天井の高いホールの湿っぽい冷ややかさに気づいて、エリザベスは立ちどまった。倉庫の中のように足音が反響し、色あせた赤い石だたみは遠い昔から人々が踏みならして、ところどころへこんでいる。古い革張りの椅子がいくつか壁際にあるだけで、あとはがらんとしている。

「お座りにならないといけないわ」シャンタルに促されて、エリザベスは暗い回廊へと進んだ。天井の隅にはどこもくもの巣が張っている。このあたりは改修されていないのだ。

古城の広さは相当なものだった。丸天井になっていて、石だたみを踏む足音が反響する。窓はエリザベスの腰のあたりから天井まで達し、少なくとも三メートルはあるだろう。いずれも木のシャッターがついていて開くようになっている。いくらかほこりっぽい窓ガラスを通して広い庭が見える。板石が砂をかぶっている。庭の向こうには古城の正面が午後遅い日の光を浴びて、クリーム色がかった金色に輝いている。十八世紀初頭に建てられた古城はE形をしていて、本館の両側に翼部を持っており、シャンタルとエリザベスは左翼を歩いているのだった。回廊の区切りごとに古風な大きいドアがついており、左側のいくつかのドアは部屋の入口なのだろう。回廊の真ん中あたりに来ると、二階に上がる木の階段がある。その上がり口に古びた飾り棚があって、引き出しには真鍮《しんちゆう》の取っ手がついている。いちばん上の棚には、おそらく銅製であろう、中国の鉢が飾ってあり、年代物らしく緑青が出ていた。

そこまで来ると、エリザベスは古城の広さにすっかり途方に暮れ、わけがわからなくなっていた。だが、角を曲がったところでシャンタルがドアを開けると、そこはモダンなバスルームだった。

「お顔を洗ってください。それからお酒を差し上げますから」

エリザベスは顔と手を洗い、グリーンのコットンのチュニックについた枯れ葉や泥を落としてから、隣の部屋に入った。そこは居心地よく調度の整った居間で、床にはカーペットが敷いてあり、壁にはまるで絹地のようなエレガントな壁紙がはってある。日当たりもすばらしい。

「どうぞおかけになって」シャンタルが言った。

エリザベスはアン女王様式の椅子に腰を下ろした。座席は黄色いサテン地の錦織《にしき》で、背も布張りしてある。脚はかぎづめのように曲がっていて、白く塗ってあり、ところどころに金箔《きんぱく》の模様もある。くつろぐための椅子ではなく、座ると背を伸ばさざるを得なくなった。反対側の窓にはカーテンがかかっていて、その生地は座席のサテン地と調和している。広く優美な部屋で、壁にかかっている鏡に、エリザベスの青白い顔が映り、その向こうに庭のヒマラヤ杉の枝がかすかに風に揺れているのが映っている。日当たりがいいにもかかわらず、エリザベスは暗い回廊で感じたと同じように、この居間も何か現実とは思えないような気がした。

「ブランデーです」シャンタルがエリザベスにグラスを渡した。エリザベスは口をつけたが、熱い液体がのどを通ると、せき込んだ。その様子をシャンタルはじっと見つめていた。その薄い皮膚には血の気がなく、黒い瞳は落ち着かなそうだ。「あなたをひくつもりじゃなかったわ――絶対に!」彼女は急に荒々しく言いだした。

「わたしには、ひき殺そうとしているように見えたわ。飛びのいたとき、あなたの顔が目に入ったけど、恐ろしい顔をしていたんですもの……」確かにシャンタルの目つきは憎悪に燃えていて、アクセルを踏んで、車を武器として利用しようとしているかのようだった。

「あなたを見かけて、びっくりしたの」シャンタルは弁解した。長い黒髪をかき上げる手が震えている。

「びっくりした、ですって？　腹が立ったんじゃありませんの？」

「そんな、名誉毀損《きそん》ですわ。わたしがひき殺そうとしたなんて……うそよ。そんなことをおっしゃるなら、わたしは弁護士に相談します」

　エリザベスはまたブランデーを飲んだ。まろやかな熱い液体がのどを通り、かぐわしいその香りで頭がふわっとし、頬に血の気が上った。

「わたしが憎いんでしょう？」エリザベスのその問いに、シャンタルは答えもせず、唇を固く結んでいた。

　二人はにらみ合った。イーブの妻、シャンタルはわたしを憎んでいる、エリザベスにはそれはわかっていた。三十分ほど前、ハンドルを握って、こちらに向かってきたときの顔を見るまでもなかった。車が加速して、まっすぐ突っ込んできたとき、ショックだったし、怖かったが、予想外の驚きではなかった。これまで二度会っただけだが、シャンタルの瞳には何か敵意が感じられたからだ。

「他人に憎まれるようなどんなことをわたしがしたのかしら？」エリザベスはシャンタルにというより、自分に言い聞かせるようにつぶやいた。

　シャンタルの瞳がきらめいた。「何をしたか、ですって？　お話ししてあげるわ。デイミアンはわたしの夫の親友だったのよ、ご存じだった？　デイミアンからあなたのことは何度も何度も聞いたわ……酔っているときも、しらふのときも……あなたがいなくなってから、彼はそれはみじめだったのよ。あなたにとっては、そんなことは知ったことではないんでしょう？　あなたは彼を嫉妬《しっと》で狂わせたのよ、破滅させたんだわ！」最後の言葉をシャンタルは叫んでいた。「そのためにデイミアンは事故を起こしたのよ！　あなたのせいよ、あなたが彼を殺したのよ。そのことで、あなたは悪い夢を見ないの？　わたしは見るわ。叫び声をあげて、目が覚めるの。炎よ、炎がめらめらと！」シャンタルは両手で顔を覆って身震いした。倒れるのではないか、と心配して、エリザベスはシャンタルの体を支えた。すると、彼女は泣きながら突き飛ばした。「さわらないで！　あなたにさわられるなんて、がまんできないわ！」

エリザベスは言うべき言葉もなく、顔をそむけた。「ごめんなさい」弱々しく、つじつまも合っていない。言ったとたんに、彼女はひるんでいた。

シャンタルはけたたましく笑った。「ごめんなさい？　ごめんなさい、ですって？　驚いたわ！　それだけなの？　あの事故が起こるまでに、わたしたちがどのくらいの間結婚生活をしていたか、ご存じ？　たった一年よ――とても幸せだったわ、幸せすぎて怖いくらいだったのよ。ほしいものはなんでも手に入ったし、ほんとうとは思えないくらいだったわ」シャンタルは部屋を見まわし、手を広げた。「ここは……夢よ、わたしの夢だったわ。イーブがわたしのために買ってくれたのよ、ご存じだった？　彼はパリが好きで、ずっとパリに住んでいたけど、わたしが田舎に住みたいと言いだしたの。デイミアンのところに来ていたとき、この古城を見て、わたしはいっぺんに好きになってしまったわ。もう廃墟《はいきょ》だったけど……わたしは気に入って、イーブが買ってくれたのよ。天国だったわ」

シャンタルは敵意をこめて彼女を見つめた。「いいえ、もう決して幸せにはなれないわ。あなたがわたしたちの夢をこわしたからよ」

エリザベスは唇をかんで聞いていたが、つらそうに言った。「またお幸せになれますわ」

エリザベスはたじろいだ。「ご主人が元気になれば……」彼女は口ごもった。「いつか事故のことは克服なさるわ、きっと」エリザベスは塔でのイーブとのキスと抱擁を思い出して、良心がとがめた。あのときはイーブが結婚していることも、お互いにほとんど知らないということも忘れていたのだ。あんなふうに彼に愛撫されるなんて――エリザベスは自分がいやになっていた。シャンタルは想像しているのかしら？　それとも知っているのだろうか？　イーブが何もかも話したのだろうか？

シャンタルは突然身をひるがえし、ドアを開けに行った。「もう気分が落ち着いたのでしたら、お送りしますわ」

「ありがとう」エリザベスはシャンタルのあとについて、回廊に出た。古城と川の間にある森に日が沈んで、あたりは薄暗くなっていた。シャンタルは足早に歩いたが、ライラックの花模様の白いサマードレス姿の彼女はやせて、弱々しそうで、回廊をさまよう幽霊のようだった。

建物を出たとき、灰色の蛾《が》がエリザベスの頬にぶつかってきて、彼女は叫び声をあげた。

シャンタルが振り返った。「どうしたの?」

「蛾だったわ」エリザベスはほほ笑もうとした。

シャンタルはいら立たしげに口をつぐむと、車のドアを開けた。古城のまわりではこおろぎがひっきりなしに鳴き、どこかで犬のほえる声がする。車のヘッドライトがつくと、野うさぎが木の間に走り込んだ。

「古城はお二人だけの生活には広すぎません?」エリザベスがきいても、シャンタルはあごをつんと上げ、正面を見つめたままだ。

「わたしたちは気に入っていますから」

「あなたは気に入っていらっしゃるわ」エリザベスは半分自分に言い聞かせるようにそう言って、あとは自問自答した。だけど、イーブはほんとうにここが好きなのかしら? 新妻を喜ばせるために、古城を買ったかもしれないけど、いまはそのことを後悔しているのではないかしら?

シャンタルは、夕暮れに染まるクリーム色の古城の姿をバックミラーでちらっと見た。その口もとはなごみ、目は陶酔し、表情は夢見ているようだった。

「美しいわ」エリザベスが口に出した。

「ええ」シャンタルは恋人のことを話しているかのように顔を輝かした。

「イーブも同じように感じていますの？」その問いに、シャンタルの顔がきつくなり、目は磨いた石のように冷たく、怒りさえのぞいていた。

「主人のことはわたしが面倒を見ますわ。まだ病気なんですから。自分が何をして、何を言っているのか、彼はまだわかっていませんもの。ときには元気になって回復したように見えるかもしれないけど、手術のあとで弱っていて、自分自身を取り戻していないわ。彼のことはほうっておいてください。デイミアンのことを思い出させたくないんです」シャンタルはかすれた声で怒ったように話しながら、薄暗い道路に目をすえて、猛スピードで車を走らせた。「聞こえました？　イーブやわたしたち夫婦のことはほうっておいてほしいの。早くイギリスに帰って、もう二度と来ないで！」

7

その週末に、ルルードの古城で歴史絵巻ともいえる有名な見世物が開かれるというので、エリザベスたちはテディ・ハートフォードに車で連れていってもらった。古城は小さな村を走り抜ける道路沿いの岩山の上にあって、青い石板の屋根、塔のまわりにいくつも出ている小尖塔《ピナクル》は、まるで物語に出てくる古城そのままだ。ロワール川を守る砦《とりで》として中世に建てられたものだが、いまは夢見るように日の光を浴びて、かつての激しい戦いの面影はない。

村は観光客でにぎわっていた。テディが村一番のレストランを予約していて、川沿いに繰り広げられるドラマチックな、音や照明も鮮やかな見世物を見る前に、みんなでゆっくり食事をした。

「帰国する前に、ほんもののフランス料理を食べたいと思いましてね」テディがメニューを見ながら楽しそうに言った。

ビッキーはメニューを見つめていて、顔も上げない。フラー伯母はその様子をちらっと見て、テディに視線を移した。「いつお発《た》ちになるの？」

「来週の半ばです――パンに事欠きそうですからね」テディは肩をすくめた。

「パンですって？」フラー伯母はきょとんとした。

テディはにやりとして答えた。「お金ですよ」

「まあ」

ビッキーが相変わらずメニューに目を落としたまま、口を出した。「先生は進んでるつもりなのよ。学生たちの仲間だって言いたいんでしょう。だけど、歴史を教えているわけでもないのに、とっても古い言い方をするんだから」

テディは投げキスをした。「かわいくないんだね？」

「優しさと明るさにあふれているんだけど。ごめんなさい、でも、ほんとのことだもの」

ビッキーは顔を上げて笑った。

テディは顔をしかめた。「それはそうかもしれないけど……きみのような子は、外に連れ出してひっぱたいてやりたいな」

「ＳＭごっこ？」ビッキーが冗談で応ずると、フラー伯母は眉を上げて、エリザベスを見た。

「何かわたしには通じない言葉で話しているみたいね。ときどきそんなふうに感じるの」

テディはビッキーが持っているメニューを指でつついた。「おしゃべりはやめて、早く注文するんだね、エンジェル？」

ビッキーは敬礼をするように額にななめに手を上げた。「かしこまりました！」

エリザベスは心もとなげに妹を見つめていた――ビッキーとテディの間はどうなっているのだろう？　ときには確かにビッキーはテディに恋をしていると思うのだが、またあるときはまるでそんなことはないようにも思えるのだ。わたしの知ったことではないし、わたしが気にしたって、妹は喜びもしないだろう。これまでもビッキーは打ち明け話をしようとしたこともないし、わたしも彼女のプライバシーは尊重しているのだけれど、それにしても、いろいろ想像してみたくなる。二人がお互いにどう感じているのか、見当もつかないが、二人ともお互いを強く意識していることは間違いない。二人とも相手をよく知っていて、一緒にいると、ぴりぴりしている感じが、エリザベスにはわかった。

食事は、自家製のうさぎとプルーンのおいしいテリーヌのあと、ホワイトワインソースをかけた鯛《たい》の小片、うずらのチェリー詰め、それからチーズとつづいたが、古城での見世物が始まるまでにもう時間がなくなったので、デザートはやめて、すぐコーヒーにした。

帰りのドライブは長く、みんな疲れていた。エリザベスは窓の外の原野や森の暗がりを見つめていた。隣の座席の伯母はかすかにいびきをかいている。前の座席を見ると、ビッキーがテディの肩に頭をもたれて、気持よさそうに軽く寝息をたてていた。赤信号になって車をとめると、テディは振り向いて微笑し、エリザベスに口まねで声を出さずに言った。

〝彼女、眠っているんです〟

エリザベスはうなずき、ほほ笑み返した。テディはいい人で、エリザベスは好きだった。だが、彼が妹を悲しませるようなことをすれば、八つ裂きにしてやりたい気持になるだろう。もっとも、そんなことを考えるなんて、ばかげている――テディはビッキーを恋に誘うようなことは何もしていないからだ。彼は友達として気軽にビッキーとつき合っているにすぎなかった。妹が傷つくことになっても、それはテディの責任ではない。恋は当事者同士だけのきわめて秘めやかなものだけに、第三者にはそれがどうなっているのか、どちらか一方がいけないとか、判断できるものではない。そもそも、いったいだれがビッキーは恋をしていると言ったのだろう? 彼女自身はそんなことをにおわせたこともないのだ。わたしの想像にすぎないんだもの、エリザベスはそう思った。その想像は見当違いかもしれないし……。

車が伯母の家の前にとまると、ビッキーが体を起こし、あくびをして顔を赤らめた。

「着いたの?」フラー伯母が窓の外をのぞいた。

「おうちよ、おうちよ、はいどう、はいどう」ビッキーは子供をあやす看護師のように節をつけた。

「かわいいんだね!」テディがビッキーにほほ笑みかけた。

エリザベスが恋人たちのつき添い役みたいな気分になって車を出ると、伯母もつづき、みんなで振り向きもせず「おやすみなさい、テディ、どうもありがとう」と言った。

「おやすみ」テディの声が返ってきた。

エリザベスは自分の部屋へ入り、ドレスを脱ぐとベッドにもぐり込んだ。寂しかった。ほほ笑み交わすテディとビッキーがうらやましかった。ずっとデイミアンのことを思い出していたのだが……いまはもう考えたくなかった。心が痛むからだ。あのときは当然と思って、デイミアンのもとを離れたのだが、いまはもう一度やり直したい気持だった。

だが、彼が死んでしまったいまは、それもかなわないことだった。そうとわかっていても、心は願ってやまず、むなしくうずく。不可能とわかっていても、望みが捨てられず、エリザベスは欲求不満で無性にいら立った。デイミアンが亡くなったと聞いてからというもの、彼女はずっと脱出不可能な部屋に閉じ込められているような気分だった。心の隅ではかすかな望みを抱きながら、開こうともしないドアや壁を黙って打ちつづけた。デイミアンが死ぬはずはない、そんなことには耐えられない、と。この絶望から抜け出す方法があるに違いない、それさえ見つかれば、と祈った。彼の死を認めることはできなかった。事実ではないようにと祈りつづけるだけではおさまらなかった。

エリザベスの気分は刻々と変わっていった。あるときは彼女もデイミアンの死をそのまま受け入れるよう自分自身に言い聞かせた。彼は亡くなったのだし、それは間違いないのだ、と。そうすると、生身の神経もいったんは落ち着き、気分は暗く、ひっそりとしてしまう。だが、しばらくすると、心の片隅でまた執拗《しつよう》なつぶやきが聞こえ始めるのだ——デイミアンは死んだのかしら？　どうしてそんなことが？　もし、もしかして……。

〝もしかして〟という仮定の言葉がいつもエリザベスの頭につきまとい、彼女を苦しめた。もし、わたしがデイミアンのもとを去りさえしなかったら、もし、彼とここにとどまっていたとしたら、もし、もし、もし……。

その晩もエリザベスは悪い夢を見た——いつもと同じで、彼女はホテルにいて、まわりはだれともわからない人たちであふれているのだが、知っている顔のような気もする。彼女はデイミアンを捜して、長く暗い廊下を走っていた。彼はそこにいる、彼が次の曲がり角にいることはわかっている。だが、そこへ達するたびに彼は遠くにいるか、隣の部屋だと言われてしまう。どうしても追いつけない。しかし、あきらめきれず、夢中で追いかけていた。まわりの人たちにじっと見られているのはわかっているが、彼らがなんと思おうと、気にもしない。

ようやくデイミアンが背を向けて立っているのが見えた。エリザベスはほっとし、うれしさのあまり叫んだ。「デイミアン！」

彼が振り向いた。まさしくデイミアンだったが、やがてその顔は溶けて、デイミアンではなくなっていた。イーブ・ド・ラバールに変わっていた。イーブは高笑いし、エリザベスをつかまえると、顔を寄せ、デイミアンが好きだったフォークソングを口笛で吹いた。

エリザベスは叫び声をあげて目を覚まし、ベッドの上で体を起こした。腕を振ってイーブを振り払おうとしていた。

部屋は夜明けの光に青白く不気味に染まり始めていた。彼女は身震いして、顔を両手で覆った。

すると、また口笛が聞こえてきて、彼女は凍りついた。まだ夢を見ているのだろうか？震える手で顔を押さえたが、確かに肌や骨を感じる。髪の毛を引っ張ると痛い。だが、まだ遠くで柔らかな口笛の音がする。

エリザベスは窓辺に走り、窓を開けて体を乗り出した。庭が霧の間から見え始め、あちこちから灌木《かんぼく》や草花が浮かび上がる。葉が露にぬれている。あたりを見まわしたが、だれもいない。もやがかかった緑だけだ。それでもなお口笛が聞こえる――ゆっくり遠ざかっているが、足音は聞こえない。

イーブだろうか、それとも気のせいなのかしら？

エリザベスは衣装だんすに駆け寄ると、きれいなジーンズと暖かそうな黄色のセーター、それにアノラックに着替え、そっと家を出て、狭い道に沿って歩いた。あたりにはだれもおらず、車も走っていない。点々とつづく家々には明かりがともっている様子もない。すっかり疲れたが、気持は落ち着かず、戻る気にはなれなかった。

ゆっくり霧が晴れ、太陽が姿を見せて、空が青くなった。鳥がさえずり始め、何台かの車が通り過ぎていく。パン屋がシャッターを開け、焼きたてのパンのにおいが流れてきた。

「おはよう《ボンジュール》、お嬢さん《マドモアゼル》」パン屋が声をかけてきたので、エリザベスはクロワッサンとイギリスパンを買った。

家に帰りかけていると、向こうからフラー伯母が買い物かごを持ってやってきた。「エリザベス……いったいどこへ……」

エリザベスはにっこりして、伯母にパンを手渡した。「早く目が覚めて元気いっぱいだったから、伯母さまの代わりにパンを買いに行ったのよ」

「あら、ご親切だこと」伯母は疑わしそうだ。「あなた、大丈夫なの？　顔が青いわ」

わたし、亡霊に取りつかれているの――エリザベスはそう思ったが、口には出さなかった。「頭痛がして……ゆうべ食事のときにワインを飲みすぎたのね。でも、もう大丈夫よ。散歩をすると、頭がすっきりするわ」

ひづめの音がし、二人が振り向くと、シャンタルが黒毛の馬に乗って川に向かうところだった。髪を後ろに束ね、黒いベルベットの乗馬帽をかぶっている。膝からくるぶしまできっちりした乗馬ズボンをはき、リブ編みの白いセーターを着て、いっそう細く見える。

「おはよう、シャンタル」伯母が声をかけると、シャンタルはうなずいて馬をとめ、冷たい視線をエリザベスに投げた。

「まだいらっしゃるの？　休暇はいつまで？」

「来週よ」エリザベスは〝お気の毒さま〟とつけ加えたかった。

「イーブの様子はいかが？」フラー伯母がきいた。

シャンタルはつんとエリザベスから顔をそらした。「元気ですわ！」イーブについてはそれ以上質問を許さないという調子だった。「わたしたち、南の方へ出かけようかと思っているんです。アンティーブあたりで一、二週間過ごすのも楽しいと思いますから」

「それは楽しそうね。太陽を浴びるのはイーブにはいいことよ」

「さようなら《オ・ルヴォワール》」シャンタルはうなずくと、ぶっきらぼうにそう言って、膝を締め、馬を走らせた。

エリザベスはその後ろ姿を見つめていた。シャンタルはイーブを連れ出そうとしているのだ。彼がわたしにしばしば会うのをやめさせるためなのだろうか？　彼女はイーブを失うのが怖いのだろうか？　エリザベスは頬が熱くなるのを感じた。シャンタルがわたしに腹を立てるのは当然だ。ただ、どのくらい腹を立てたらいいのか、彼女はわからないだけなのだ。あの日塔でイーブとの間にあったことで、エリザベスは自分自身がいやになっていた。イーブが結婚していることをすっかり忘れてしまって……。だが、彼自身は間違いなく忘れていなかったのだろうか？　彼とシャンタルとの夫婦関係は事故以来まずくなっていたのだろうか？　イーブはけがの苦しみの間に妻への愛を失ったのかしら？　そうだとすれば、シャンタルが悲しみ、いら立っているのも当然だ。あの事故が起きるまでは、イーブ夫妻は愛し合っていて、古城での新しい生活は幸せだったのだ。事故はデイミアンを殺しただけではなく、イーブ・ド・ラバールの心をも殺し、新婚生活をめちゃくちゃにしてしまった。シャンタルはすべてを失ったのだ。シャンタルがつらく当たったとしても、どうして彼女を責められるだろう？

「結婚する前、シャンタルは何をしてらしたの？」家に入りながら、エリザベスが伯母にきいた。

「思い出せないけど」伯母はそう言ったが、すぐに立ちどまってにっこりした。「そう、思い出したわ――ファッションのお店よ。モデルだったかしら？　いえ、バイヤーだったはずよ、バイヤーの見習い。でも、なぜそんなことをきくの？」

「田舎で落ち着いていらっしゃるようだから、地方の人かと思って」

「そのとおりよ。あの人、乗馬が見事でしょう？　鞍《くら》に座るために生まれてきたみたい。犬の扱い方も堂に入っているわ。自分に合った生活をしている人を眺めるのは、いい気持ね――シャンタルが住むところはあの古城しかないって感じだもの」

「お金持と結婚して、幸運ね。イーブのご家族は彼がパリを離れることをどう思ってらしたのかしら？　パリにいらっしゃるんでしょう？」

「そうよ。一度ご両親にお目にかかったわ。とても楽しい人たちだけど、シャンタルとはうまくいかなかったようね。ご両親はイーブが銀行の経営をあきらめるのが残念だったはずよ。お父さまのほうは堅い感じの方よ。お母さまは亡くなられたの。あの事故のあと、発作が起きてね——ショックでよ、お気の毒に——それ以来、お父さまは引退なさって、ご自分の息子をもう何カ月も訪ねて見えないの。悲しいことね。家族があんなふうに離れ離れになるのは、いやだわ」

「イーブは一人息子なの？」

「ええ、だけど、娘さんは二人いるの。一人は結婚してアフリカに住んでいるし、もう一人はアメリカなの。お母さまが亡くなったとき、二人とも帰ってきて、イーブを病院に見舞ったそうよ。一人は妊娠していらして、長旅と悲しいできごとの連続で流産しかかったけど……男の子が生まれて、イーブと名前をつけたらしいわ。シャンタルはがっかりして……ご自分たちの長男にイーブと名づけるつもりだったらしいから」

「長男が生まれたら、イーブと名前をつけたってかまわないでしょうに」エリザベスは内心奇妙な感情が動くのを覚えながら、うわの空で言った。嫉妬《しっと》のような感情だった。しかし、シャンタルに赤ちゃんが生まれて、どうして嫉妬しなければならないのだろう？　うらやましいんだわ、きっと——わたしもデイミアンとの間に子供がいたら、ずっと幸せだったに違いないから。その子供はどんな感じかしら？　黒い髪と黒い瞳、鼻筋が通っていて、きりっとしたあご……エリザベスはため息をもらした。とんだ夢物語だわ——デイミアンは亡くなったのだ。どんな子供が生まれるか想像してみても、仕方のないことだ。

その日の午後、エリザベスとビッキーはテディと一緒に森へ散歩に出かけた。テディは目にとまった植物があると、すぐ近づいていった。その彼を待っているビッキーを残して、エリザベスは一人で先へ歩いた。振り向くと、テディが花を手で包むようにしてビッキーに見せ、妹は注意深くその花びらに手を触れ、彼を見上げてほほ笑んでいた。テディは花を摘み、花びらで優しくビッキーの唇をなぞった。

エリザベスは邪魔しているような気がして、どんどん前へ進んだ。暖かい午後で、木立の向こうの川のせせらぎが人間のため息のように聞こえる。川岸の土手に出て、樫《かし》の木陰に寝そべり、目を閉じた。短い白のショートパンツにみぞおちの上までの丈のホールターネックのトップスという格好で、肌はほとんどむき出しだ。その肌は外出する日がつづいたので、いっそう日焼けし、つややかに輝いている。これなら、すばらしい夏休みを過ごしたという感じで、ニューヨークに戻れるだろう。

あと四、五日ここで過ごせば休暇は終わり、アメリカに戻るのだ。短い草の上に寝ころび、川のせせらぎを聞きながら、日ざしを受けて揺れる樫の葉を見ていると、ニューヨークがはるかかなたに思われる。遠くでテディとビッキーが静かに話し合っているのが聞こえる。と、木の枝としだの葉がかさこそと音をたてた。

草を踏む足音と息遣いが近づいてきた。だれかがそばにかがみ込み、何かが顔に触れた。エリザベスは目を閉じたままほほ笑んだ。「ビッキー、くすぐったいわ……」

冷たい花びらが頬を撫《な》で、唇にとまった。エリザベスは眠そうに目を開けたが、最初は空の深い青がぼんやり見え、それから花びらがちらちらした。その向こうにイーブ・ド・ラバールの顔があった。彼女はぎくりとした。

「この花を僧侶の頭巾《モンクスフード》と呼ぶ人もいるし、鳥かぶと《アコナイト》と呼ぶ人もいる」イーブは前後の脈絡なしに言った。

「狼の毒《ウルフズベーン》ともいうわ！」エリザベスは腹立ちまぎれにぴしゃりと言った。彼女はその花の名を懐かしく思い出した。長い緑色の茎の上に暗青色の頭巾形の花びらが二ついている。デイミアンが好きだった花で、花びらの正確な色合いを出そうと、彼は何度も何度も描《か》いたものだ。

「ふさわしい名前だね」イーブはにやりとした。その白い歯はいかにも肉食的で、その目は狼《おおかみ》のように忍耐強く獲物をねらっている感じだ。エリザベスは身震いした。

「有毒なんですよ。ご存じでした？」彼女は挑むように言った。

「命取りになるほどの猛毒だ」イーブは花は見ず、エリザベスの日焼けした体の曲線を思い詰めた暗い目つきで見つめていた。「しかし、美しい」彼は優しくそう言って、その花で彼女の脈打つのどから胸、さらには長く細い脚を撫でた。

エリザベスは怒って花を振り払った。「やめて！　奥さまのところへお帰りになって――奥さまはあなたを求めていらっしゃるでしょうけど、わたしはそんなことありませんわ！」

「うそつきだね」イーブの声はかすれていた。だが、その表情にはちらちらと感情が表れていた――当惑なのか、自信のなさなのか、エリザベスにはわからなかった。

「あなたは結婚していらっしゃるわ。わたしは結婚している男性とかかわりたくありません。あなたの奥さまはこれまでのことですっかり気を悪くしていらっしゃるし、だれがあの人のことを責められますか？　わたしは同情しているわ」

「シャンタルはこのことと関係ないよ」イーブもいまは怒っていた。頬が赤い。

「あなたの奥さまなんですよ！　つらい思いをなさったし、わたしはこれ以上あの人を悲しませたくはありません」エリザベスは上体を起こした。イーブががっしりと腕を押さえなければ、そのまま立ち上がるところだった。

「きみを忘れることができないんだ」イーブはエリザベスが悪いと言わんばかりだった。

「忘れようとなさったら？」彼女は怖くて、彼から目がそらせなかった。相手がどんな行動に出るか、身構えなければならなかったからだ。

「きみはデイミアンに恋をしていたのか、それとも彼の片思いだったのかい？」イーブの口もとは皮肉っぽくゆがんでいた。

「愛していたわ」エリザベスはつらかったが、きっぱりと言った。

「じゃ、なぜ……」イーブは眉をひそめ、彼女の顔を探るように見つめた。

「デイミアンの理由のない嫉妬に耐えられなかったからよ。わたしにはほかに男の人はいなかったし、いたとすれば、あの人が頭の中で想像していただけ。ほかの男の人には話しかけさえしないのに、あの人は怒ったわ。それが耐えられなかったの、彼が怖かったのよ」エリザベスは信じてもらおうと必死だった。デイミアンが事実をねじ曲げて言ったのだということをイーブにわかってほしかった。「わたしたちが安心な谷間に暮らしているのに、デイミアンは山の頂上に住んでいたわ。普通の人は呼吸できないくらいの高い山の空気を吸っていたの――わたしは……わたしの肺はそんなところでは息がつけなかったわ。酔っぱらったみたいにめまいがして、それが怖かったの」

「きみを見ていると、ぼくもきみと同じように感じてしまうんだ」

「やめて」エリザベスはつぶやいたが、イーブは聞いてはいなかった。呼吸を荒らげて、彼女の唇を見つめていた。エリザベスも急に胸が締めつけられたようになり、動悸《どうき》が激しくなった。「やめて！」彼女は鋭く言って、逃れようとした。だが、腕をつかまれ、草の上に押し倒されてしまった。迫るイーブの唇を避けて顔をそむけた。熱い頬に草の葉先がとげのように痛い。イーブが体の上にのしかかってきて、起き上がろうとしても動けなかった。

「きみがほしい……ああ、きみがほしいんだ」イーブがつぶやいた。

エリザベスはショックであえいだ。唇が分けられ、彼の唇の感触を受けて、体が燃え上がった。彼女はうっとりして、うめいた。目を固く閉じ、イーブの体を自分の中に溶かし込もうと、腕をまわした。彼の重みをひしと感じ、満足で息も詰まりそうだった。塔でのときは、エリザベスは考えることもできず、激情に流された。だが、今度は感情に流されるわけにはいかなかった。彼女はイーブをほとんど知らないし、知っているところは好きになれないのだ。感情は枯れ草に燃え移る火のように一瞬のうちに燃え上がるものではない。いまの気持がなんであるかわかっていたし、それを憎んだが、どうすることもできなかった。

イーブは結婚していて、わたしを求めているとしても、わたしを憎んでもいる。人は憎みながら相手を求めることがあるものだ。そう、わたしも全身が震え、燃え立つほど激しく彼を求めている。イーブも熱くなって身震いし、唇をのどから顔へと這《は》わせた。

「きみをぼくのものにしないと、ぼくは狂ってしまいそうだ」イーブは飢えたようにエリザベスの体をまさぐりながらつぶやいた。「きみは浮気な雌犬だが、ぼくはそのきみに参ってしまったんだ。心の中からきみを追い出そうとしても、できやしない、夜も昼も……」

エリザベスは突然緊張し、ショックで体も冷たくこわばっていた。「なんですって？」ささやくように言ったが、イーブは聞いてはいなかった。顔を彼女の胸の谷間にうずめて、うめいていた。彼のいまの言葉……その声……以前にも聞いたことがあるような気がして、エリザベスは頭がくらくらした。

わたしはどうしたのかしら？　悪夢に取りつかれているのだろうか？　イーブのいまの言葉は、二年前デイミアンが一語一語そのままに言ったことなのだ。声もほとんど変わらない。イーブは彼女のショートパンツのジッパーに手を当て、むき出しのみぞおちにキスしていて、彼女が冷めきっているのにも気づかない。エリザベスは彼を突き飛ばし、上体を起こした。

「なぜこんなことをなさるの？　わたしに精神的な罰を与えて、狂わせようというつもりなんですか？　そうなんでしょう？　そうはいきませんわ！　あなたのたくらみはわかっていますから」

イーブも体を起こし、じっと彼女を見つめた。顔には表情がない。エリザベスは彼をにらみつけ、真っ青になって、唇を震わせていた。

「あなたはデイミアンじゃないわ！　わたしを狂わせようとしていたのね？　わたしにそれがわからないとでも思っていたの？　デイミアンの好きだった歌を口笛で吹いたり、彼のスケッチをまねしたり、彼みたいなものの言い方をしたりして」エリザベスは押しつぶされた狼《ウルフズベーン》の毒の花を拾い上げ、川へ向かって投げ捨てた。「あの花をデイミアンが好きだったこともご存じのはずね。いつも描いていたから。彼はずっとあなたの親友だったわ。彼が亡くなって、あなたは生き延びているから、あなたは自分を責めているのね。良心の呵責《かしやく》に耐えられなくて、だれかに押しつけようとしているんだわ、そうでしょう？ わたしがその身代わりってわけね？ 生き延びていることで自分を罰することはできないけど、わたしならこらしめられる。わたしのことは彼から聞いているから、いずれにしても、罰を与えていいと考えていらっしゃるのよね？ わたしを脅かすのは簡単だったはずよ——デイミアンの描き方をまねして、川岸でのわたしをスケッチしたように見せかけるとか、小細工を使えばいいんだから。あなたはデイミアンをよくご存じだから、彼がどんな仕事をし、何を考え、何を話したか知っているわ——わたしにどんなことを話していたかも知っているんでしょう？ ほかにどんなことを彼は言いました？」エリザベスは言いやめ、頬を上気させてイーブを見つめた。デイミアンは、どこに触れ、どんなふうにキスし、何をささやけばわたしが燃えるか、イーブに話したのだろうか？

恋人同士の暗い秘密は明かすべきことではない——デイミアンはわたしを裏切ったのだろうか？

そのとき、だれかが近づいてくる気配がし、話し声と笑い声が聞こえた。木々にかくれて見えないが、もうすぐそばまで来ている。

イーブは立ち上がり、ズボンについた草を払い落とすと、奇妙な目つきでエリザベスをじっと見つめた。そして、柳の木の枝をくぐり土手に沿って足早に立ち去った。

「あら、ここにいたのね」ビッキーがひいらぎと樫の木の間から姿を見せた。「わたしたちが森の中をあちこち捜しまわってたっていうのに、こんなところでのんびりと日光浴？

はりえにしだの茂みにつかまって、そこらじゅうに切り傷ができて大変だったのよ」

「女性は大げさだからかなわないね！」テディが口を出すと、ビッキーは声をあげて笑い、彼をこづいた。

「今度植物採集に行くときは、キューにある国立植物園にしましょうね！」

「きみの探険好きはどこに行ったんだい？」テディはそう言って、満足げなため息をつき、草の上に体を投げ出した。

「はりえにしだの茂みの中に捨ててきたわ」ビッキーも腰を下ろし、エリザベスを見て、にっこりした。何も気づかない様子だ。「きょうは森の中もすてきだったけど、家の中のほうが安全ね」

「ピクニックにしよう」テディが言った。「いい考えだな！　ぼくはリズととんぼを眺めているから、きみは家に帰って、弁当を作ってくるんだよ……ほら、リズ、大きなとんぼがいるよ――あの羽はイブ・サンローランのデザインみたいだ」

エリザベスはまた横になり、目を閉じた。ビッキーがテディをからかっている。その声は幸せいっぱいにはずんでいる。エリザベスは妹がうらやましかった。頭痛がし、ニューヨークへ戻りたくなった。激しい交通の騒音とパトカーのサイレン、それに建設現場のドリルの音の絶え間ないニューヨークへ。ニューヨークは毎日姿を変える。ある日出勤の途中で街角に銀行を発見しても、一週間後にはそれはあとかたもなく消え、大きな穴ができて、ヘルメットをかぶった作業員がドリルを使っている。いま自分がどこにいるかもわからないうちに、雲を突く新しい高層ビルが建っている。ときどきエリザベスは地獄でさえ、ニューヨークほど騒々しく落ち着かないところではないだろう、と思ったものだ。いまはそのあわただしいニューヨークの街が懐かしかった。

8

次の日の夕方、フラー伯母は庭でビュッフェ式パーティを開き、友達の何人かを招いた。それまでエリザベスとビッキーはごくかぎられた伯母の友人に会っただけだった――伯母と一緒に村で買い物をしたり、近くの町のマーケットに行ったときに出会い、紹介された人たちだ。

「あまりおつき合いはなさらないの？」エリザベスは前にそうきいたことがあったが、フラー伯母は笑って答えた。

「することの多い夏の間はそうだけど……冬にはコーヒーに招かれたり、ディナーパーティを開いたりするのよ。だけど、わたしにはもう主人がいないから、夕食の席では半端な数になって、むずかしいの。そういうときは……」伯母は言いかけて微笑した。

ビッキーがにやりとして、結論を急いだ。「みんなが再婚話を持ち込んできたのね？」

伯母は悲しそうに言った。「そんなところよ」

「独身の男性がどっと披露されたけど、伯母さまは食いつかなかった、そうなのね？」ビッキーがからかった。

「まったくあなたは悪い子ね。そんな口をきいていると、けがをするわよ！」伯母は顔をしかめたが、すぐ考え直して言った。「あなた方がここにいるうちに、パーティを開くわ。みなさんに借りがありますものね」

「すてき！」ビッキーは手をたたいて喜んだ。「わたしはパーティが大好き、パーティ屋なの」

「それはいえるわね」エリザベスがそうつぶやくと、クッションを投げつけられた。

テディも招かれていたが、帰国前夜なので、翌日の長距離運転に備えて、早く引き揚げるということだった。イーブとシャンタルの夫妻も招かれていたのだが、エリザベスがそれを知ったのは、当日の朝彼女がクロワッサンとホットチョコレートの朝食をとっているとき、シャンタルから電話がかかってきてからだった。電話にはフラー伯母が出た。

「シャンタルからよ。今夜は来られないって」

エリザベスは緊張していた。「あの人たちを招待なさっていたなんて知りませんでしたわ」

「言わなかった？　いちおう礼儀だから、お招きしたんだけど、見えるとは思っていなかったのよ」伯母は濃いコーヒーをいれ、甘くして飲んだ。「シャンタルはなんだか変だったのよ。かぜをひきかけているか、泣いていたって感じだったわ」

エリザベスはうつむき、赤くなって自分自身を責めていた。早くここを離れたほうがいい、と思った。イーブにこだわり、シャンタルを不幸にしたくなかったからだ。彼女は自分の目に浮かんだ後ろめたさを伯母に悟られるのを恐れて、目を上げられなかった。

「何週間か太陽を浴びて、あのお二人にもいい結果になるようお祈りしましょう」伯母が言った。

「太陽ですって?」

「アンティーブに出かけるのよ。シャンタルが言っていたじゃない、忘れたの?」

「ああ、そうだったわね」エリザベスは皿のまわりにこぼれたパンくずを指先でつぶしながら、ゆっくり言った。「それじゃ、やっぱり休暇にいらっしゃるわけね?」

「それがきょうなの。シャンタルの話だと、イーブがゆうべ急に出かけることに決めたんですって。シャンタルはパーティのことはすっかり忘れていて、さっき出がけに電話してきたのよ。夜明けに起きて、荷造りで大変だったらしいわ。イーブは一度言いだしたら、きかないらしいから」伯母は頭を振ってため息をついた。

「イーブは変わっているのよ。あの事故が二人にとってはほんとに悲劇だったのね——あれ以来、彼は昔のようには戻らないわ。ほんとの自分自身じゃないみたいな、いつも変なところがあるの。あなたは事故の前のイーブは知らなかったわね? だけど、彼はすっかり変わってしまったのよ。あんな事故にあうと、人間なんてどうなるか、わかったものじゃないってことね」

エリザベスは腕時計を見た。「まあ、何時かと思ったら……ビッキーは一日じゅうベッドに入っているつもりかしら。起こしてきますわ。パーティの準備も手伝わせないと」エリザベスは急いで階段を上ったが、ビッキーの寝室には入らず、自分の部屋に入って、立ったまま、ゆっくり深呼吸をした。彼は行ってしまったのだ。ほっとしたが、なんだか胃袋が取り出されてからっぽになったみたいに、心の中は頼りない。フラー伯母はよく気のつく人だから、そんな様子を気づかれる前に、逃げ出さねばならなかった。このところ伯母の察しのいい目から逃げてばかりいた。

伯母はイーブの変わりようさえ読み取っているのだ。わたしが見ているようには彼のことを見ているわけではないのかもしれないが、わたしに対するシャンタルの敵意を見逃しているはずはない。間違って解釈して、シャンタルの敵意をデイミアンのせいだと思っているだろう。だが、わたしがイーブと一緒にいるところを見たり、パーティで話し合っているところを目にでもすれば、シャンタルの態度と重ね合わせて、ショッキングな結論を出してしまうだろう。フラー伯母は古風な人だから、自分の姪《めい》が結婚している男性とつき合っていると知ったら、腰を抜かしてしまうに違いなかった。エリザベス自身も結婚している男性とはかかわらないことを鉄則にしてきただけに、イーブとのことを考えると、自分でもショックだった。そんな自分がいやだった。だが、イーブと二人だけになると、想像もつかない態度に出てしまうのだ。二人にからむいろんな事情がなかったら、彼に恋をしているのかもしれない、と考えるところだが、そんなこととは違っていた。

　それがなんなのか、エリザベスはわからない。わかっているのは、イーブに会うと、催眠術をかけられたようになってしまうということだけだった。彼に見つめられ、触れられると、気持が弱くなり、心が曇ってしまうのだ。

　わたしがデイミアンのことで後ろめたく思っているのを、イーブが巧みに利用しているのはわかっているのだが、それでもあれほどうまくデイミアンのまねをされると、半分は信じてしまうせいなのだろうか？　初めて会ったときは、イーブはよそよそしく、個性は気取った仮面のような表情の裏にかくれていた。だが、いつの間にか、あの冷たいよそよそしさをかなぐり捨て、デイミアンの個性が飛び出してきたのだ。わたしがよく知っているデイミアンの激しさで、イーブは愛を求めてきた。デイミアンがしたように愛撫《あいぶ》し、デイミアンが使った言葉を使ったから、わたしは動かされたのだ。でも、どうしてイーブはあれほどわたしのことを知っているのかしら？　わたしがどうすれば屈するか、なぜ知っているのだろう？　デイミアンから聞いたとしか考えられない。信じがたいことだし、そんなばかげた考えは振り捨てなければ、と思うのだが、どうしても、デイミアンがイーブを使ってわたしの方へ手を伸ばし、わたしを自分のものにしようとしている気がしてならなかった。

イーブもわたしと同じように犠牲者なのだろうか？　川岸で責め立てたとき、イーブは呆然《ぼうぜん》としていた。わたしの非難を否定もせず、黒い瞳でじっと見つめて、聞いていた。シャンタルの望みどおりに南に休暇に出かけることを急に決めたのはそのためなのかしら？どんなことになるか初めて気づいて、逃げ出そうとしているのだろうか？　イーブもデイミアンの亡霊に取りつかれているのかしら？

そんなことを考えるなんて、頭がおかしいと思われても仕方がない。だが、断片的なことをつなぎ合わせてみると、そう考えるしか筋が通らない。

いくつかの証拠をあげてみれば――だれかがデイミアンの画法をまねて、川岸でのわたしの姿を描《か》いたことは確かだ。イーブのほかにだれがそれをできよう？　だれかがデイミアンの好きだった曲を口笛で吹いていたが、イーブが同じ口笛を吹くのをわたしは実際に聞いたことがある。イーブの声や手の動きで、わたしはデイミアンを思い出していた。イーブにさわられると、冷静な頭では抵抗していても、夢中になって応《こた》えてしまうのだ。目を閉じていると、わたしを抱いているのはデイミアンだと確かに言えるのだが、目を開けると、相手はイーブだった。

最初は、イーブも自分が何をしているのか承知のうえで、デイミアンであるかのように装って、わたしを罰しようとしているのだ、とエリザベスは思った。そのことにわたしが気づけば、わたしをわなにかけようとするイーブのたくらみは消えてなくなるはずだったのだ。だが、そうはいかなかった。

エリザベスは考えるのをやめ、身震いした。すべてが狂っている。こんなことが筋道を立てて推理できないくらい、わたしは現実感を失っているのかしら？　デイミアンは死んで、イーブは生きている。デイミアンがイーブの体に乗り移り、イーブの目を通してわたしを見、イーブの手でわたしに触れることが、どうしてできるというのだろう？

「わたしは亡霊を信じない、そんなものがあるはずがないわ」エリザベスは大きな声を出していた。

「わたしもよ」後ろから声がし、エリザベスはびっくりして振り返った。ビッキーが入口に立っていた。日に焼けた太ももの上までしかないコットンのナイトシャツ姿で、素足のままだ。金髪は乱れ、頬はピンクだが、気遣わしげな目つきをしている。「独り言を言うのはいい傾向じゃないわね。まだ幽霊を見ているわけじゃないんでしょう、リズ？　ここには来るべきじゃなかったのかもしれないわね。デイミアンの思い出がいっぱいありすぎるんですもの」

エリザベスは無理に笑みを浮かべた。「あなたを起こそうと思っていたところよ――伯母さまのパーティを成功させるためには、たくさん買い物をしなくちゃならないから」

「うちへ帰りたいの、リズ？　どこを見てもデイミアンを思い出すここがつらかったら、あした出発して、二、三日パリにいてもいいのよ」

「だって、フラー伯母さまがどう思うか……」エリザベスは口ごもった。

「伯母さまも心配していらっしゃるのよ」

「ほんとに？　そんなことを言われると、落ち着かないわ――二人でこそこそわたしのことを話しているなんて」

「そんなに神経質にならないで。お姉さんまで幽霊みたいに見えるわよ。テディでさえ、お姉さんは静かすぎる、と気づいたくらいだもの。一緒にいても、いるのかいないのかわからないんだから」

「何が？」

エリザベスは皮肉っぽく言った。「それは驚きだわ……」

「テディがあなたのこと以外に何かに気づいたってこと」

ビッキーは赤くなった。「ばかなこと言わないで！」

「二人とも夢見るような目つきをしているんだもの、だれだって気がつくわよ」エリザベスはほほ笑んだ。

「夢見るような目つきですって？　お願い！　いつか言ったでしょう――テディはもう何年もほかの人とデートしていて、わたしが生きていることさえ知らないくらいなのよ」

「わたしの見るかぎり、そんなことはないわ。テディは、いら草やしだの写真を撮るだけのために、いつもこんなところをうろついていたわけじゃないわ。確かに、植物には相当お熱を上げているかもしれないけど、ほとんど毎日ここへ訪ねてきたのは、そのためだけじゃないはずよ」

ビッキーは力を抜き、肩をすくめて、うれしそうにほほ笑んだ。「彼はわたしが好きみたいね」

エリザベスは笑い声をあげた。「そんなに照れて遠慮することないわ!」

「遠慮するですって? あのね、わたしはここ何カ月も彼にわたしを見つめさせようとしてきたのよ。だけどもう、本棚の後ろや、机の下や、お店の入口の陰から飛び出して、彼をびっくりさせるのには飽きたの……彼にはちっとも響かないんだもの。とうとうあきらめたわ。それはまあ、わずかな望みはつないでいるけど」

「それでフランスに来たかったわけ? テディがロワール地方にいることがわかっていたから?」エリザベスは妹が急に素知らぬ顔をしたのを見て、笑いだした。「そうだったのね? あなたは彼に会えると思って来たんでしょう。あのとき偶然出会わなくても、いずれ彼のキャンプ地に立ち寄るつもりだったのね」

「それこそ、恋と戦争では手段を選ばないものよ」ビッキーは肩をすくめた。「テディが彼女に恋をしているわけじゃないってことはわかるの——恋をしていたら、もっと前に結婚しているわ。わたしはずっと観察してきたけど、二人の関係はいわば慣れみたいなものね。わかるでしょう——だれかとつき合い始めて、やがて飽きたけれど、いつまでも別れられない感じ。テレビを見る習慣みたいなもので、番組には退屈しているんだけど、すっかり怠け癖がついていて、起き出してスイッチを切らないのと同じよ。よくいう、しらけじゃないかしら？　テディとはそういう関係なの――しらけっぱなし。どうすれば彼を目覚めさせられるか、わからなかったの」

「それが、いまやすっかり目覚めたわけ？」

ビッキーはにやりとした。「それは確かに、わたしを振り返るようになったわ。だけど、彼はすぐ行動に出るようなタイプじゃないの。がまん強くて、おだやかで、すべてについて決まったやり方がある人よ。わたしもそれに慣れようとしているんだけど、彼はあせらないから、何カ月もかかりそう。だけど、またかわされてしまったわね？」

「なんのこと？」

「話題を変えられてしまったってこと。お姉さんのことを話していたのに……どうしてわたしとテディのことになってしまったの？」

「いいから、シャワーを浴びて、着替えていらっしゃい。買い物に出かけましょう」そう言うエリザベスに、ビッキーは怖い顔をし、手を振り上げてみせた。

「ええ、ええ、お好きなようになさい。まだここにいたいのなら、そうしましょう。だけど亡霊に取りつかれたみたいにうろつかないでね」

ビッキーはバスルームに消え、エリザベスは窓辺に寄って、かすかな白い雲が青い空をよぎるのを眺めた。

　わたしは亡霊に取りつかれたように見えるのだろうか？　顔にそれが表れているとすれば、亡霊が心に巣くっているせいだ。ここに来るべきではなかった。マックスのマンションで、なぜデイミアンの絵を見てしまったのだろう？　あの絵を見なければ、デイミアンは生きていると思って、まだニューヨークにいたのに。デイミアンは亡くなったのだ、とエリザベスは自分自身に言い聞かせつづけた。だが、ほんとうにそう信じていたのだろうか？　生きていると思っている人が、いまは亡き人だと言えるだろうか？　心の片隅に生きていれば、それも一つの生命ではないかしら？

「じゃ、出かけましょうか？」

　ビッキーの声がして、エリザベスはびっくりした。「早いのね！」

　ビッキーは着替えをすませ、ブロンドの髪をきれいにとき、薄化粧もしていた。「またうわの空ね。お姉さんは考えすぎよ。いけないわ」

「そうね」

　エリザベスは妹について階段を下りた。十分くらいぼんやり突っ立ってデイミアンのことを考えていたことになる。まるで立像のように。自分の気持を抑えられず、どうすることもできない感じだ。自分の体に住みついた奇妙な幻想を処理できないとは思いもよらなかった。自分の生活はきちんとできるとたかをくくっていた。ところが、ある日突然、自分が自分でなくなったのだ。身の毛がよだつ思いだった。

姉妹は買い物をし、それから、フラー伯母がいろいろ料理を作るのを手伝った。キッシユやフルーツパイ、えびとかマッシュルームの上にクリームソースをたっぷりかけた小さなタルト、それに軟らかなチーズやえぞねぎの入っている薄焼きのペーストリーや、真ん中にマロングラッセを置き、その上にクリームとかチョコレートをかけた、おいしいチョコレートガトーなどだ。

テディはやってくると、目を輝かして料理を見まわした。「みんなおいしそうだな。どれから食べていいかわからないよ」

「食いしん坊ね」ビッキーはにやりとし、誘うように優しく、テディをキッチンから引っ張り出した。「椅子を庭に出すのを手伝って。雨が降らないようにお祈りしていたんだけど、今夜は天気がよくて、ありがたいわ」

「雨は降らないよ」テディは笑いながら青い空を見上げた。夕日は暗い森に沈みかけていて、森の上にたなびく羽根のような雲を赤く染めていた。「すばらしい夕べになりそうだ」

テディとビッキーが庭に出ていくと、フラー伯母は二人の後ろ姿を見ながら、にっこりして言った。「ビッキーは恋をしているのね。テディから目を離さないもの、そうでしょう?」

玄関のベルが鳴り、エリザベスが笑って言った。「ほら、もうお客さまよ!」伯母はあわててコットンのエプロンを取ろうとしたが、エリザベスは「ご心配なく、わたしが出ます」と言って、玄関に向かった。

上品な笑顔を浮かべてドアを開けたエリザベスは立っている男性を見て、呆然とした。

「やあ、びっくりしたかい？」

「マックス！　マックス！　信じられないわ！　こんなところへどうして？」エリザベスは自分の目が信じられなかった。マックスはフランスではいかにも場違いだった――筋骨たくましく、がっしりしていて、銅色の髪は夕日を浴び、目はおかしそうに笑っている。気軽なベージュのスーツはいかにもアメリカ的で、シャツは高価ながらも格式張らず、ニューヨーカーを絵に描いたようだった。

「きみの様子を見に来たんだよ。中には入れてくれないのかい？」マックスは率直だ。

「もちろん、どうぞ」エリザベスが二、三歩さがると、フラー伯母が顔を出し、びっくりしてとまどっていた。

エリザベスは赤くなり、どもりながら紹介した。「あ、あの、こちらは……マックスはわたしのボスなの。ロワールに現れるなんてことはもちろん、ヨーロッパにいらっしゃることも知らなかったわ」

マックスはフラー伯母のシンプルだがしゃれた黒いドレスから、エリザベスの上品な感じの白いドレスへと視線を移した。「お邪魔するつもりじゃありません。お二人ともエレガントな装いで、お出かけですか?」

「パーティを開くところなんですよ」フラー伯母が言った。「どうぞ――たいしたパーティではありませんの。お友達が何人かとコールドビュッフェだけですから、どうぞ加わっていただいて」

「ありがとうございます。しかし、ぼくはパーティに出るという格好じゃありませんから」

「あら、とてもすてきよ。へりくだったりなさらないで」エリザベスが言うと、伯母は腕時計を見て言った。

「わたしはちょっと失礼しますわ。エリザベス、入っていただいて、お飲み物でも差し上げたら?」

エリザベスはマックスを居間に案内し、ウイスキーのボトルに手をかけた。「これでしょう?」

マックスはにっこりした。「一発で当たり。ぼくのことをなんでも知っている女性は好きになれそうもないな」

エリザベスは指幅だけウイスキーをつぎ、ソーダ水を加えて、マックスに手渡した。

「お目にかかれたのはうれしいけど、フランスに何をしにいらしたの?」

「きみのはがきだよ」そう言って、マックスはウイスキーを飲んだ。

「わたしのはがきですって?」

「ぼくは推理が得意でね。きみはフランボワーズというところから、あの絵はがきをよこした。どこかで聞いたような地名なんだが……一、二時間は思い出せなかった。だが、デイミアン・ヘイズが住んでいたところだったと思い出したんだ」

エリザベスは赤くなって目を伏せた。「そうでしたの」

「それに、きみはぼくのマンションでデイミアンの絵を見たあと、すぐに休暇を取ると言いだした。あの晩きみはおかしかった。パーティが始まったころはしっかりしていたのに、やがて青ざめた顔をして、帰ると言いだした。そこで、あの絵はがきをもらって、デイミアン・ヘイズと今度のきみのフランスでの休暇を結びつけて考えてみたんだよ」

エリザベスはため息をもらした。「わかったわ。そのとおり、デイミアンのことで、わたしはここに来たんです――ずいぶん前に彼を知っていて、亡くなったと聞いて、ショックだったの。でも、ここに来たのは、伯母を訪ねたり、日光浴をするためでもあったんです。それにしても、どうしてここの住所がわかりましたの?」

「イギリスのきみの実家に電話したんだ。簡単なことで、これはちっともミステリーじゃないよ」

「でも、なぜ……」

「ぼくがきみに会いたくなったわけかい?」マックスはからになったグラスを置いた。

「きみが大丈夫かどうか確かめなければならないと思ってね。なにしろ、次のシーズンのデザインについてはきみを頼りにしているし、きみはぼくのお気に入りだから。何かきみに困ったことでもあれば、ぼくにできることはないか、確かめたかったんだ」

「何も困ったことはありませんわ」マックスはビジネスライクに、しかも自分の都合で手助けしたいかのように言ったが、エリザベスは心を動かされ、声がかすれていた。

「そう取りつくろうことはないぞ、ハニー。きみが意気消沈しているのは、顔を見れば、ぼくにはわかるよ。そのヘイズとやらは……昔の恋人、だったんだね？」

「そんなにいじめないで、マックス」エリザベスはつらそうに言った。

「やっぱりそうだったんだな。想像はしていたけどね。彼の死を悲しんでいるとすれば、いやす方法は一つしかない——わかっているだろうがね」

エリザベスの目はおもしろがっていた。「教えて。どうせおっしゃるんでしょう？　顔に書いてあるもの」

「仕事さ。昔から決まりきっている。仕事は過去を忘れさせる。ニューヨークに戻って、夢中で働くんだ」

エリザベスは突然笑いだした。だが、その笑いはどこかぎごちなかった。「あなたって自分勝手で、かなわないわ、マックス！　自己中心のずうずうしさと親切心が重なり合っていて……負けそうだわ」

「だけど、ぼくの言うとおりだろう」マックスは自分の家であるかのように、自分でウイスキーをつぎに行った。

エリザベスはふっとため息をもらした。「そのとおりね、残念ですけど」

9

マックスは、しばらくフランスに滞在することにし、その間エリザベスにロワール・バレーの名所を案内してほしい、と言った。彼は何をするにもまじめに全力を傾け、彼が観光客に徹すると決めたからには、フランスの数世紀にわたる歴史が詰まっているロワール川一帯の古城のすべてを、二、三日で精力的に見てまわるということになる。

フラー伯母のパーティで、マックスはことに客の大半を占める中年の婦人たちの人気を集めていた。彼がそうした婦人たちに魅力的に振る舞い、大げさにお世辞を言ったり、ワインのグラスやいちごの鉢を運んだりするのを、エリザベスはおもしろがって眺めていた。フランス語をしゃべるマックスの能力はかぎられていて、彼の話しぶりを立ち聞きすると、二十世紀初頭のエドワード七世時代に発行されたフランス成句集に頼っているらしかった。ときどきその小さな成句集を肩でかくすように盗み見ていたのでもわかった。

テディとビッキーはパーティの客たちのもてなしに忙しそうで、ワインをついだり、料理や皿やフォークを配って歩いている。静かで暖かな夕べで、風もなく、あたりの静けさを破っているのは、庭の木々で鳴くせみの声だけだ。だが、暗くなると、新しい招かれざる客が飛び込んできた――蛾《が》が女性たちの髪にまとわりつき、蚊がぶうんと急降下爆撃を繰り返した。

「中へ入りましょう」フラー伯母が蛾を払いながら言った。

それからしばらくして、パーティはお開きになった――この地方の人たちは早起きなので、真夜中までには伯母の家はいつもの静けさに戻っていた。パーティが開かれたあとをとどめているのは、キッチンのからのワインのボトルの列や、皿とグラス類の山だけだ。

「あした片づけましょう」最後の客が帰ると、フラー伯母があくびをしながら言った。

マックスはすでに一時間ほど前に帰っていった――彼はフランボワーズから十キロほど離れた小さな宿屋に泊まっていて、その日は一日じゅう車を走らせてきたので、早くやすみたいということだった。帰る前、彼はエリザベスをわきへ呼んで言った。「あすの朝早くきみを迎えに来る。古城を二、三まわって、一緒にお昼を食べよう」

エリザベスは声をあげて笑った。「二、三の古城ですって？　何キロも離れているのよ。次のお城に行くまでに何時間もかかってしまうのに！」

マックスは不満そうだった。「なに、やってみればわかるさ。とにかく、ぼくは全部をまわりたいんだ。二度とロワールには来られないかもしれないからね」

次の朝、エリザベスは早く起きたが、フラー伯母はキッチンでもうパーティのあと片づけをしていた。

「どうしてビッキーとわたしにまかせてくださらないの？」エリザベスは肩越しに振り向いた伯母に不服そうに言った。

「そんなに時間はかからなかったわよ。コーヒーができてるわ。わたしは村まで行って、クロワッサンを買ってきますからね」

「わたしが買ってきます」エリザベスは伯母に代わって、買い物に出た。よく晴れていて、森は朝日を受けて金色の光に包まれていた。

エリザベスが人気のない狭い道を車を運転し、クロワッサンとロールパン、それにイギリスパンを買って戻ると、ビッキーは起きていて、ジーンズにTシャツ姿で伯母と一緒にグラス類を食器棚に片づけていた。

姉妹は朝食を食べながらパーティの話をしていた。すると、ビッキーが腕時計を見た。

「八時半ね……テディはもうカレーに向かっているころよ。けさ夜明けに出発したはずだから」

「彼、パーティを楽しんでいたようね」エリザベスが言うと、ビッキーは声をあげて笑った。

「あのえびのタルトを四つも食べたのよ。消化不良で眠れなくても、いい気味だわ」ビッキーはホットチョコレートを飲みほすと、ため息をついた。「きょうは何をするつもり？」

「マックスが古城見物の案内をしてほしいんですって。一緒に行く?」ビッキーは手を頭の後ろに組んだ。胸のふくらみが強調されて挑発的だ。「ううん、いいわ。古城はもうおしまい。これからは日光浴よ――文化のにおいは十分すぎるほどかぎまわったから」

マックスは三十分後に着き、フラー伯母に大きな花束を贈った。「ゆうべは大変楽しい時間を過ごさせていただきました、マダム。フランス料理がどんなものか、初めてわかりましたよ。すばらしいビュッフェでした!」

フラー伯母は大まじめに感謝し「きれいな花にすぐ水をあげましょう」と言った。

マックスは強烈な個性でみんなを息もつかせぬくらいに圧倒した。エリザベスはあとで、わたしたちが出かけて伯母もほっとしたことだろう、と思った。

マックスは古城のカラー写真がのった大きなガイドブックを持ってきていて、レンタカーのエンジンをかけながら、エリザベスに手渡した。「見たい城には印がつけてある」彼はそうと決めると頑固だ。

マックスは運転しながら、ニューヨークの友人たちのうわさ話をし、エリザベスを笑わせた。話があまりおもしろくないときは、誇張さえした。だれかが彼の機嫌を損ねたときは、その相手の名誉を傷つけても、平気なのだ。「信じられないわ!」エリザベスは応じた。

「母親の墓にかけても、ほんとうだよ」マックスは大げさに言った。

「まあ、マックス、お母さまはあなたなんかよりずっとぴんぴんしていらっしゃるのに！」

マックスは吹き出した。「ほんとだね！　きみによろしくと言っていたよ。だけど、心配そうだったな」彼はおかしそうにちらっとエリザベスを横目で見た。「ぼくがきみのことを調べに行くと言ったら、母はこうきたね。〝どうして彼女を追っかけるの、マキシー？　再婚したいなんてばかげたことを言いだすんじゃないでしょうね？　慰謝料は一度でたくさんじゃないの？〟だってさ」

「それで、あなたはなんとおっしゃったの？」エリザベスは目をきらきらさせていた。

「〝ぼくのことより、自分のことを心配なさい〟と言ったんだが、母はもちろんいままで自分のことはほったらかしだったし、これからだってそれを改める人じゃないけどね」

「マックス、お母さまはあなたのことが心配なのよ」エリザベスはマックスの母親をよく知っていて、憧《あこが》れていた。ときには彼女のことがおかしくて笑ったが、好きだった。小柄で、ほとんどボールに近い体型をしていたが、ものに動じない人だった。

「しかし、誤解しちゃだめだぞ。ぼくがここへ来たのは仕事のうえでのことなんだ」

「わかっていますわ」エリザベスはおかしかった。

「もっとも、興味はあるんだがね」マックスは遅い車を縫うように追い越して走り、怒ったフランス人からさかんに警笛を鳴らされた。それを無視して、彼はつづけた。「なぜきみはここへ来たんだ？　きみとデイミアン・ヘイズとは相当深刻な仲だったのかい？」

「とても深刻でしたわ」エリザベスはふざけて言った。

「彼はどんな男だった？」マックスは人間に興味を持っていて、人に会うと、ありくいが餌《えさ》をあさるように、その人の人生観や考えを探るのだった。

エリザベスは言葉に詰まり、金髪に手をやった。緑色の瞳がつらそうに曇っている。

「どこから始めたらいいのか……とにかく才能のある画家で……」

「彼の絵は知っている。こっちに来る前に、彼の絵のことは調べてみたんだ。絵のことじゃなくて、彼がどんな男だったか知りたい」

エリザベスはあきらめたような悲しげな笑みを浮かべた。「一筋縄ではいかないくらい、いろんな面のある人でした。魅力的で、攻撃的で、おもしろかったり、野性的だったり……一晩じゅう話しても、あなたには彼がどんな人間か見当もつかないわ」

「まだ彼に夢中なんだ、そうだね、ハニー？」マックスは静かに言い、彼女がうなずくと、道の両側に広がるぶどう畑に目をそらした。

それからマックスは、片方の手をハンドルからはずし、彼女の手に触れた。

「ごめんよ、リズ、つらいことをきいて。古くさいやり方で彼を忘れさせてあげることはできるかもしれないが、ぼくはそんなことをするつもりはない。しばらくは歯を食いしばって耐えることだ」

エリザベスはかすれた声をあげて笑った。「プロボクシングの試合みたいですわね」

「人生はそんなものだよ。ぼくは別れた女房にマットにたたきつけられて、まだ耳鳴りがしているよ」

エリザベスはしばらく黙っていたが、やがて口を開いた。「マックス、幽霊の出ることを信じていらっしゃる？」

「幽霊？　冗談を言ってるのかい？」エリザベスが首を横に振るのを見て、マックスはつづけた。「信じていないよ。ぼくが信じているのは仕事で、きみを早くニューヨークに連れて帰りたいだけだ」

それからの二日間、二人は古城から古城へと車を走らせ、すばらしい城内の調度や絵や彫刻、それに城によっては見事な庭園を見てまわった。マックスはまるで宿題をすませた小学生みたいに、一つの城を見ると、満足そうにその城をリストから消していった。そうしたねばり強い集中力が彼の成功の秘密だ。

空はずっとおだやかに晴れわたっていて、暑さもそよ風のせいでしのぎやすかった。ビッキーは毎日ビキニ姿になり、サンオイルと雑誌や本を持って庭に出、寝そべっていた。マックスのお伴でくたびれるエリザベスがうらやましがると、ビッキーはにやにや笑った。

「だって、彼はお姉さんのお友達……」

「ボスよ。友達だったら、消えてしまえって言いたいくらい。だけど、仕事をつづけたかったら、マックスとけんかするわけにはいかないわ」

「でも、彼って、大きな縫いぐるみの熊みたいにかわいいじゃない」

「かわいいですって？　縫いぐるみどころか、灰色熊だわ、ほんとよ！」エリザベスは二日間のロワール・バレーの見物ですっかり疲れていた。「ありがたいことに、マックスもあしたは帰るわ。わたしたちもあと二日間のんびりして、出発ね」

マックスはキッチンでフラー伯母からフレンチドレッシングの作り方を教わっていた。彼の低くぶつぶつ言う声が聞こえる。「なるほど、それで？」

伯母は悪いことをしているかのようにあわてて言った。「それで……これでもうサラダに振りかけるだけですよ」

もっと何かを期待していたマックスはがっかりした様子だ。「なるほど、簡単なんですね」

「ですけど、正しくいまのようにすることが大切なんです」伯母がぴしゃりと言った。

「わかりました」

エリザベスとビッキーは顔を見合わせ、声をあげて笑った。そのとき玄関のベルが鳴った。玄関に出たマックスが声をかけてきた。

「リズ、ハニー、お客さまだよ」

エリザベスは顔をしかめた。「わたしに?」狭い玄関まで行くと、マックスが無遠慮にイーブ・ド・ラバールを眺めていた。

「まあ、あなたでしたの」

マックスはエリザベスの声の調子に気づいて振り向き、油断なく彼女の顔をうかがった。

「話したいことがあるんだ」イーブが言うと、マックスはまた素早く彼の方へ視線を移した。

「いま忙しいんです」エリザベスは冷たく言った。

マックスが二人を交互に見ている。イーブが一歩前に出てくると、マックスが大きな体で二人の間に割って入った。

「彼女は忙しいんだ」マックスは語気を強めて言った。

「どいてくれませんか」イーブがきっぱりと言った。

マックスは肩をそびやかし、両脚を広げた。「いいか、ドアは後ろだ——出ていってくれ。この人は忙しいんだ」

「彼女に話をするまでは帰れませんね」イーブはおだやかに言ったが、もの柔らかな口調の裏には鋼鉄のような強さがあった。

エリザベスはマックスがなぐりつけはしないかと心配した。彼は荒っぽい場所で育ち、けんかを恐れていないし、体も頑丈だからだ。その彼になぐられれば、イーブはひどくけがをしてしまうだろう。

「いいわ、マックス。わたし、彼とお話しします。五分ほど時間をください」エリザベスはマックスをかわして、イーブと向かい合った。

マックスはしかめっ面をした。「ほんとうに大丈夫かい？」

「大丈夫よ。どうぞこちらへ、ムッシュー・ド・ラバール」

マックスはイーブの顔の前で手を広げた。「五分間だ。五分たったら、そっちへ行く」

イーブは冷ややかにマックスを見たが、何も言わずにその前を通り過ぎた。マックスはそれが気に入らず、湯の沸き立つやかんのように、赤黒くなって、何かぶつぶつ言った。

その彼の頬にエリザベスは背伸びをしてキスした。

「心配しないで」そう言って、彼女はイーブのあとから居間に入った。

居間ではビッキーが両手を頭の後ろにやってアームチェアに丸くなっていた。イーブを見ていぶかしげな顔をしている。

「ビッキー、悪いけど……」エリザベスがつぶやくように言った。

「いいわよ」ビッキーが出ていくと、イーブはドアを閉めた。エリザベスはできるだけ離れて座ることにした。

「奥さまとご一緒にアンティーブにいらしたのかと思っていましたわ」

イーブは濃いグレーのスーツにブルーのストライプのシャツを着て、シャツより濃いブルーのネクタイを締めていた。黒い髪をきれいにとかし、顔色はこれまでになく青かったが、感情を抑えていてスマートに見えた。

沈黙がつづいた。エリザベスは待っていたが、自分が何を期待しているのか、わからなかった。だが、実際にイーブの言った言葉はまったく予想外のことだった。

「彼女はぼくの妻じゃない」

エリザベスは聞き違えたのではないかと思った。「じゃないって……」

「ぼくの妻じゃないってことだよ」イーブは平然と言った。「シャンタルはいまアンティーブにいる。おとといパリで会ったのが最後だ」

エリザベスは頭がくらくらした。この人は何を話しているのだろう？「シャンタルは……」そう言いかけて、言葉をのみ込んだ。「どういうことですの？彼女が奥さまじゃないなんて」この人は気が狂ったのだろうか？シャンタルとは結婚したことはないと言っているのかしら？そんなことがあるはずないわ――フラー伯母は彼の両親にも会ったと言っていたし、もしイーブとシャンタルが結婚していなかったのなら、そのことをこんな小さな村でいつまでもかくせたはずがない。村の人たちは隣人、とくにイーブとシャンタルのような人たちのことをいつも話題にしているからだ。

イーブは耳障りなため息をついた。「エリザベス、話すことがいっぱいあるんだが、どこから始めたらいいか、わからない……めちゃくちゃなんだ」

彼は離婚しようとしているのかしら？　エリザベスはふとそう思った。イーブは窓のそばへ行ったり、また戻ってきたり、落ち着かない。

「ぼくは言い方を間違えた。彼女の夫ではない、と言うべきだったんだ」イーブの黒い瞳は懇願するかのような色を帯びて、エリザベスを見つめた。

　エリザベスは緊張し、背を伸ばした。両手は椅子の袖を強く握り締めている。心は震え、頭は、いまやなんの疑いもなく、ただ一つの大きな疑問でいっぱいになっていた。「なんですって？」

「ぼくはイーブ・ド・ラバールではない」

　エリザベスの顔には血の気がまったくなかった。怒りが爆発し、体じゅうに広がった。そのためにまともに考えることもできず、筋道立てて話すこともできなかった。頭を振りながら、とぎれとぎれにしゃべりだした。

「そんな、やめて……どうしよう、そんなことをわたしが信じると……いいえ、信じないわ！」

　彼は急にエリザベスの椅子のそばに来て、ひざまずき、手を差し出した。だが、彼女が身をすくめたので、そのままだらりとたらした。

「落ち着くんだよ、ぼくの恋人《マイ・ラブ》」

「そんな呼び方をしないで！　わたしにそんな言葉を使わないで！」

「わかっているだろう……」彼は説明し始めたが、エリザベスの金切り声にかき消された。

「わたしはなんにもわからないわ。わかっているのは……あなたがわたしを狂わせようとしていることだけ！　あなたがおっしゃって……ほのめかしていることは……暗示めいた取るに足りないせりふで……狂っているわ。あなたがわたしに何をしようとしているか、わかっているわ。そんなことさせやしない。あなたと同じように、わたしを狂わせようなんて、できやしないのよ。帰って、あなたの話なんか聞きません」エリザベスは両手で顔を覆ったが、その手は震えていた。

彼はその手を下に下ろした。エリザベスは抗《あらが》ったが、彼の強い力には勝てなかった。彼はじっとエリザベスの顔を見つめて、静かに言った。「だけど、きみには最初からわかっていた、そうだろう？　ここに着いた最初の晩から？」

その言葉にエリザベスは大きな衝撃を受け、一瞬心臓がとまり、それからまたぎくしゃくと動きだした。耳は半分聞こえない。心臓の鼓動をのどに、耳に、頭に感じるだけだ。

「いいえ」エリザベスは黒く深い彼の瞳をのぞき込んで、つぶやいた。「彼は亡くなったわ、死んだのよ……あなたはデイミアンじゃないわ、イーブ・ド・ラバールよ」

10

「ぼくがデイミアンだってことがきみにはわかっている。ぼくを見かけた瞬間にわかった、そうだね？　ぼくの腕の中に飛び込んできて、ぼくの名前を呼んだ――暗くて、きみがだれだか、ぼくはわからなかったが、デイミアンと呼ばれて、ショックだった」

「取り乱していて、わたしは自分が何をしているのか、わからなかったのよ！」

「きみにはわかっていた。なぜわかったか、見当もつかないが――女性の直観というものかもしれない――そんなもの、とこれからは笑い飛ばしたりはできないね」彼の目が一瞬おかしそうに輝いたが、エリザベスは笑えなかった。

「シャンタルもぐるなんですね？」エリザベスの声にはとげがあった。「お二人でたくらんで、さぞおもしろかったでしょうね！」その痛烈な言い方で、わたしがどんなに怒っているかわかればいい、とエリザベスは思った。そのとおりになった。

彼の顔は曇り、エリザベスの肩をつかんで、乱暴に引き寄せた。またキスされると思うと、彼女は耐えられなかった。キスされると、初めは憎み、突き飛ばそうとするのだが、最後は燃えて応《こた》えてしまうのだ。あとになって思い出すたびに、苦しんだ。エリザベスは頭をそらし、顔をそむけた。彼がキスしてきたら、叫び声をあげればいい——そうすれば、マックスが怒った雄牛のように飛び込んできて、けんかになるだろう。そんなことになったら、迷惑だし、恐ろしいが、イーブ・ド・ラバールは何をするか予想もつかない危険な男だ。イーブとの間にどんなことがあったか、マックスやフラー伯母にわかって、じっと見つめられたら、わたしはがまんできない。

彼は腕をエリザベスの肩から背中へとまわし、ぐっと抱き寄せた。だが、キスしようとはしなかった。エリザベスはじっと見つめられているのがわかっていた。全身が震え、体の奥から欲望がゆっくりと、どうしようもなく高まってくるのを覚えた。そんな自分を憎み、軽蔑《けいべつ》したが、彼がそばにいると、のどが引きつり、からからになってしまうのだ。額には汗が浮かんでいた。

「ぼくはだれ?」彼がささやいた。その声はレコードの針がずれたように神経に障り、彼女の頭の中でぎいっと引っかくような音が響いた。

エリザベスは答えることができず、答えるつもりもなかった。自分の気持と闘うのが精いっぱいだった。頭は警告するのだが、体はもう聞《き》き分けず、甘くとろけそうだった。目を閉じ、唇を差し出したかった。彼の黒い瞳は、闇《やみ》の中の動物の目のように光って、催眠術をかけようとしているかのようだった。エリザベスの瞳もそれに魅せられたように、欲望に曇って、うつろだ。彼がゆっくり顔を近づけてくると、彼女はどうしようもなく唇を差し出していた。

エリザベスは骨のない生物のように彼にしがみつき、腕を首にまわした。唇が重なり、むさぼるように、官能的に探り合った。彼がだれで、なぜ抱き合っているのか、そんなことはもうどうでもよく、彼女は彼の腕の中にいる喜びしかなかった。

彼が顔を上げたとき、エリザベスは目を閉じ、半分もうろうとしていた。

「ぼくはだれ?」彼がまた小声できいた。彼女は唇を動かしたが、声は出なかった。「はっきり言ってごらん」

「デイミアン……」エリザベスは息をつき、ぱっと目を開くと、青ざめて彼を突き放した。頭を激しく横に振った。「違うわ! あなたはわたしをわなにかけたのよ。あなたがわたしに何をしようとしているか、知らないとでも思っているの? わたしを狂わせようとしているんでしょう。そんなことはさせないわ。あなたが混乱させたから、わたしは自分が何を言っているのかわからなかったのよ」

「座りなさい」彼はエリザベスを椅子に押し戻し、自分も椅子を引いて、彼女に覆いかぶさるように座った。「話をする前に、はっきりさせておきたい――そんなふうに見ないでくれないか、リズ。ぼくは完全に正気だし、きみもそうだ。あの日突然事実がはっきりしたわけじゃないんだ――ジグソーパズルができ上がるように、ゆっくり真相が読めてきた。

最初はとんでもない話だと思って、ぼくは神経がいかれているんだ、と自分に言い聞かせたんだが、間違いなく、ぼくはデイミアン・ヘイズなんだ」

「違うわ！　そんなことを言うのはやめて！　あなたがデイミアンだったら、だれだってわかるでしょう？　デイミアンの顔はあなたみたいな顔じゃないわ。鏡を見てごらんなさいよ！」

「ぼくが鏡を見たことがないとでも思っているのかい？」

「鏡を見たら、イーブ・ド・ラバールの顔だったでしょう！」

「そう、彼の顔だった……だから、まったくこんがらかってしまったんだ。鏡を見て、そこに自分の顔ではなく、他人の顔があるなんて、こんなに気味の悪いことはない」

それを聞いて、エリザベスは彼を違った目で見るようになった。自分自身に対してよりも同情と心配を覚えた。よく見れば、それまではなめらかで、感情のないプラスチックの仮面のようだった彼の顔にもしわがあり、いまはやつれて見える。

「あなたは病気なのよ」彼女は優しく言った。「あの事故以来――手術や病院生活や苦痛で――ずっとひどい緊張状態の中で生きていらしたんですもの……わかるわ、イーブ」

「イーブじゃない。デイミアンだ。ぼくはデイミアンなんだ」

「あなたは生き残ったから、亡くなったデイミアンに対して後ろめたい気持があるのよ。それがあなたを苦しめているのね」エリザベスは低くおだやかな調子で言い、彼を慰めようとした。

「見てごらん」彼は両手を出して、エリザベスの目の前に広げた。

エリザベスはそのがっしりした長い指を見つめ、当惑した。

「ぼくの手だ。ぼくの手なんだよ……わからないかい？」彼は指を曲げてみせ、それから急に立ち上がって、あたりを見まわした。「何か紙はないかな？」

エリザベスもびっくりして立ち上がった。「紙ですって？」彼はまた予想もつかない、でたらめなことを始めたのだ。彼の気持は突然脱線するのだ。

彼は、ビッキーがテーブルの上に残していた便せんと万年筆を取り上げた。今度は何をしようというのだろう？

彼はエリザベスをちらちらと見ながら、鮮やかな手つきでさっさとスケッチし、それを彼女に見せた。一分間で間違いなく彼女の顔が何本かの線で描《か》かれていた。

エリザベスはスケッチを突き返した。「あなたがデイミアンの描き方をまねできることはとっくに知ってますわ――まねするくらいむずかしいことじゃないでしょう？　いくらか絵の心得のある人なら、その程度のことはできるはずよ」

「イーブはまっすぐな線さえ引けないんだ！」

「あなたはイーブよ！」エリザベスは言い返した。声がうわずっていた。「あなたはデイミアンじゃない。自分はデイミアンだ、と信じ込もうとしてきたんでしょうけど、顔がまるで違うわ」「いまはそうじゃないんだ。わからないかい？　いまは、いまは顔が違ってるんだ」彼はわけのわからない相手に言い聞かせるように言った。

　エリザベスは怖くなり手遅れにならないうちに助けを呼ぼうかと思った。彼が理性的な声でおかしなことをしゃべっているのは、現実感を失った狂気の証拠ではないか、と思ったからだ。

「あの、座って、静かにお話ししませんか？」エリザベスはドアの方を見ないようにして言った。ここから出られれば、フラー伯母に病院に電話をかけてもらえる。彼は病気なのだ。だれがそう言っていたのかしら？　そう、シャンタルだわ。彼女にはわかっていたのだ！　だけど、イーブが狂っているということには気づいていたのだろうか？　会うたびに、シャンタルがとても心配そうだったのは、無理もないのだ。

　彼はエリザベスを見つめていた。口もとがもどかしそうにゆがんでいる。「ぼくの言ったことを信じていない、そうだね？」

「いいえ、信じていますわ」エリザベスは彼の気持を静めようとして言った。

　彼は両手を突き出し、うなるような声をあげた。エリザベスは肩をつかまれ、揺すられて、小さな悲鳴をあげた。

「頼むから、ぼくの機嫌を取ろうとしないでくれ！　ぼくは狂ってはいないんだ！　自分が何を言っているか、ぼくはわかっている。病院で彼らはぼくをイーブの顔にしたんだ、わからないのかい？」

エリザベスは恐ろしさに震え、逃げ出すこともできなかった。

彼はエリザベスを椅子に押しつけ、身を乗り出すようにして言った。「じっと座って、ぼくの言うことを聞くんだ、エリザベス。間違いなく聞き取るんだ」

エリザベスは両手が震えないように、膝の上で組んだ。わたしがどんなに怖がっているか、この人にわからせてはならない。危険な動物をかわすときのように、じっと相手の目を見つめて、わたしが平静なことを示さねばならない。彼女はそう思った。

「この手でスケッチができるだけじゃないんだ」彼は両手を突き出し、エリザベスの首を撫《な》でた。

ひるんではならなかった。叫び声をあげれば、彼の長く力強い指に、締め殺されてしまうだろう。彼女はまばたきもせず、相手を見つめていたが、顔は真っ青だった。

「手がどんなに大事か、わからないのかい？」彼はいらいらしていた。「お願いだ、リズ、頭を使うんだ！　指紋だよ！」

エリザベスはどきっとした。「指紋？」彼の言っている意味がわかり始め、心臓が高鳴って気持が悪いくらいだった。だが、緑色の瞳は希望と興奮でぱっと輝いた。

その驚きぶりを見て、彼はにっこりした。「事情がわかり始めたら、あとは簡単だった。

ぼくの顔は変えられたかもしれないけど、指紋を変えることはできないからね。それに血液だよ！　ぼくの血液型は特殊でね、フランスに同じ血液型の人間は何千人しかいない。イーブは違うんだ。事故のあった晩は、病院も混乱していて、イーブの血液型などはパリに問い合わせず、その場でぼくの血液を検査して、輸血をした。出血がひどかったから、すぐ輸血しなければ、死んでしまうところだったんだ。確認よりも、命を救うほうが先だった」

「だけど、あとになって……」エリザベスは彼の話を信じたかったが、心配でもあった。彼がまだうそをついているかもしれないからだ。

「だれがぼくの身元を確認したと思う？」

「シャンタルね」

彼はうなずいた。厳しい顔だ。「何が起こったか、きみは知っておく必要がある。シャンタルはぼくをイーブだと考えた。死んだのはデイミアンだと言われていたからね。ぼくたちが古城から車で出かけるとき、シャンタルは手を振って送ってくれた。車はぼくが運転していた――運転していたほうが死んでいると聞かされたとき、彼女は当然ぼくが死んだものと思い、事故のとき車を運転していたのがイーブだったとは想像もしなかった」

「でも、フラー伯母はあなたが車を運転して伯母の家の前を通るのを見ていますわ！」

「そのとおり、ぼくは手を振った。暑かったし、二人ともかなりワインを飲んでいたから、車の覆いを下ろしていたんだ。それで、手を振ったときに、蜂《はち》に刺されてしまった。すぐ角で車をとめたんだが、そのときには、手はもうはれていた――ぼくは蜂にはアレルギーでね、覚えているだろう？　きみと一緒のとき、蜂に刺されて抗ヒスタミン剤の注射をしたのを。イーブがすぐ医者に連れていってくれるというので、運転を替わったんだ。ところが、彼がアクセルを踏み込んだときに、きつねが飛び出してきて、車は木に衝突してしまった」

彼は顔が青ざめ、目は黒々としていたが、その場を離れて、エリザベスに背を向けた。

「多くは覚えていないんだが、天が降ってきたような音だった……一瞬のうちにすべて真っ暗闇になってしまった。それからどうなったかはわからない。気がついたときには、ぼくは記憶を失っていた。自分がだれで、何が起こったのかもわからなかった。シャンタルがいて、ぼくは彼女の夫だというんだ。信じないわけにはいかなかった」彼は振り向き、仕方がなかったという身ぶりをした。「どうしてシャンタルを疑えるんだ？　正直言って、彼女がだれなのか思い出せなかったんだが、どこか知ってるような、前に会ったことがあるみたいな気がしたんだ。ぼくは頭のてっぺんから足の先まで包帯をしていて、動くことさえできなかった。彼女はいつもつき添っていて、静かに彼女との生活のことを話してくれた。ぼくのことについても――実はイーブのことなんだが――子供のころのことから家族のこと、銀行の経営や古城を買ったことまですべて話してくれた。ぼくの頭は新しいテープみたいなものだから、彼女の話を全部記憶した。シャンタルはぼくがイーブではないことがわからなかった。ぼくはほとんど口がきけなかったし、顔も包帯でかくされていて、見えるのは二つの目だけだったからね」

「だけど、なんといっても……ご自分の夫でしょう？　つまり……目はだれのことでも最初に気づくところじゃないのかしら？」

彼は口もとをゆがめ、ためらっていた。「だが、シャンタルは長い間ほんとに気づかなかった、と言っている」

「でも、結局はわかったんでしょう？」シャンタルは彼と暮らしていたんだし、いずれ想像がついたに違いない。事故で亡くなったのはデイミアンではなく、夫のイーブであることが、ずっと前にわかっていたはずだ。

彼は無表情にうなずいた。「ぼくと同じように、徐々にわかってきたと言っている。ぼくの歩き方や話し方がおかしいと思っていたんだが、ぼくがイーブではない、とはっきりわかったのは、退院して古城に戻ってからだそうだ」

「かわいそうなシャンタル。ショックだったでしょうね」

シャンタルもエリザベスと同じように、懐疑の念に悩まされ、気も狂わんばかりだったことだろう。だが、彼女はそれを心に秘めて、だれにも明かさなかった。でも、なぜかしら？　どうして黙っていたのだろう？　古城を失うのが怖かったのだろうか？　それにしても、こうなったらイーブの財産はどうなるのかしら？　法律的にいろいろ面倒なことがあるだろうが、亡くなったのがイーブであることが証明されれば、古城を相続するのは未亡人であるシャンタルではないのだろうか？

「なぜシャンタルはあなたにほんとうのことを言わなかったのかしら？」エリザベスはゆっくり肩をすくめ、ため息をついた。

「ぼくには答えられないね」

答えてもらうまでもなかった。自分で答えはわかっていた。シャンタルはデイミアンの看病をつづけているうちに、彼の退院を願い、一緒に生活できるようになることを期待した。生きていくのにデイミアンが必要になったのだ。イーブだけでなくデイミアンまで失えば、残るのはがらんとした大きな古城と孤独な生活だけだ。看病しているのが自分の夫ではない、とわかったころには、シャンタルは生き残ったデイミアンに恋をしていたのだろう。重傷の男性をずっと世話してきた女性はどうしてもその男性に気持が移ってしまうものだ。退院して古城に戻ったころには、シャンタルのイーブへの愛は、彼女自身も気づかないうちに、デイミアンへのものとなっていたに違いない。

シャンタルはわたしに会うたびに敵意を見せ、ぶどう畑の細道では車でひこうとしたほどだ。彼女は、わたしがデイミアンの記憶を呼び戻すのではないかと恐れ、わたしに嫉妬《しっと》もしていた。彼女は、わたしを追い出そうとして、イギリスに帰るよう言い張ったのも無理はない。

彼女は絶望のふちに立っていたのだ。

エリザベスが顔を上げると、そこにはデイミアンではなくイーブの顔があったので、彼女はびっくりした。いまではもうすっかり彼をデイミアンと思っていたのだ。

「でも、その顔は……どうして……」

彼は顔に手をやり、しかめっ面をした。「衝突したとき、ぼくはひどいけがをした。顔も傷だらけだったから、形成外科医がシャンタルの持ってきたイーブの写真をもとに手術をした。わかるだろう？　イーブとぼくは同じような骨格だったんだ……医師がどこかおかしいと思っていたとしても、彼は何も言わなかった。ぼくはこんな顔をしていたに違いない、とその医師が考えたとおりに、ぼくの顔は作り替えられたんだ」

「傷あとにはちっとも気づかなかったわ」彼女はデイミアンの顔を見て言った。

彼はエリザベスの椅子のそばにひざまずき、彼女の手を取って自分の頬に当てた。「ここだよ。手術を担当したのはすぐれた外科医でね、傷はほんとうの皮膚を使ってかくしたんだ。包帯を取ったときには、医師自身、手術の結果に大いに満足して、医学生を連れてぼくのベッドのまわりを歩き、手並みを自慢していたくらいだ。さわってごらん……」

さわると、確かに頬の両わきからあごの下にかけて筋があった。彼の顔がなめらかなプラスチックみたいで、生気のない仮面のように感じたのも無理はなかった。

「塀の上から落ちて割れてしまった卵形のハンプティダンプティみたいにつぎ合わされて

しまったんだ。鼻は折れ、頬骨は砕けて……とにかくめちゃくちゃだったんだ。なんとかまた人間らしい顔になったのがふしぎなくらいだよ」

「ちっとも知らなかったわ」エリザベスは彼の黒い瞳をのぞき込み、息を詰めた。「あなたが亡くなったと聞いたとき、わたしは信じられなかった。もしあなたがほんとに死んでいたとしたら、わたしにはわかるはずだと思っていたわ。こっちに来てからも、あなたが生きているような気がしてならなかったの。変かしら？」

「変じゃないよ」彼の瞳は輝いていた。

「だけど、みんながあなたは亡くなったとばかり思っているから、そうじゃないと考えるわたしは頭がおかしいんだ、と自分自身に言い聞かせてきたの。わたしは混乱して、何もかもわからなくなって、あなたに会うたびに途方に暮れてしまったわ。あなたをこんな男性だと思っていても、次の瞬間にはもうほかの男性に変わっているんですもの。あなたはわざとそんなふうに見せかけて、わたしを狂わせようとしている、と思ったほどよ」

　彼は口もとをゆがめた。「ひどい目にあわせたんだね？」

「とんでもない人よ！」エリザベスはにっこりした。

「シャンタルはきみがここへ現れるまでは、きみのことについては何も言わなかった」デイミアンはエリザベスを見つめて言った。「ぼく、つまりデイミアンのこともそれまではあまり話さなかったんだ。ぼくはだれかが車に一緒に乗っていて、その人が死んだことはわかっていたんだが、ぼくがきみに会い、きみを思い出せないとわかって初めて、シャンタルはいろいろ話してくれた――もちろん、うそをつき、きみのことをひどく言った」

「わたしのことを中傷したのね？」

「しかし、ほんとうのことも言っていた。たとえば、ぼくから逃げ出したとか……そうだろう？」

エリザベスは緊張し、彼が残忍になるのではないかと恐れたが、それでも不安そうにうなずいた。「デイミアン、わたしは逃げ出したりはしたくなかったのよ。でも、あなたの嫉妬が恐ろしくて。なんでもないことに暴力を振るうんですもの」エリザベスはかつてよく見た夢を思い出し、目がおびえていた。「逃げ出すほかなかったの。あなたを悲しませたくはなかったけど、わたし自身もひどく傷つくところだったんですもの。だけど、あなた以外にはだれも男性はいなかったわ」エリザベスの声はかすれてきた。「あなたがいなくて、寂しかった。あなたが亡くなったと聞いたときは、わたしも死んでしまいたかったわ……あなたがやきもちをやいたりすることは何もなかったのよ。わたしはあなただけを愛していたんだもの」

「過去形だね、リズ？」

「現在も未来形もよ」それを聞いて、デイミアンはエリザベスが息もとまるほどの情熱を込めて、彼女のてのひらにキスした。

「ぼくはほんとにばかだった。きみが逃げ出しても、責めたりはできない。しかし、ぼくはどうしても嫉妬心のほうが先に立ってしまった。きみを失うのが怖かったからだ」デイミアンは口もとをゆがめた。「だけど、自分自身できみを追い出すことになるなんて、皮肉だね！　きみを閉じ込めて、その鍵《かぎ》を投げ捨ててしまいたいくらいだったのに。きみがいなくなったとき、ぼくはほとんど気も狂わんばかりだった」

エリザベスは身震いした。彼女がここへ来てからのデイミアンの残忍さは、シャンタルの告げ口のせいなのだろうか？　それとも、デイミアンは自分がだれかを知っていて、わたしを罰したかったのだろうか？

「わたしは自分の頭がおかしいんじゃないかって、このところずっと不安だったわ」

「きみと同じように、ぼくも混乱していた。きみがぼくはデイミアンじゃない、と叫んだとき、初めて謎《なぞ》が解けたんだ。あのとき、ぼくは自分がほんとうにデイミアンであることがわかったんだ」

エリザベスは落ち着かなそうに笑い声をあげた。「あなたらしいわ。いつも逆手に取るんだから」

デイミアンはにっこりした。顔の緊張がほぐれていた。「きみは怒ってぼくを非難したけど、きみがぼくをデイミアンだと考えていることがわかったおかげなんだ。それまでは、一方ではぼくは精神錯乱だと思い、もう一方ではぼくはイーブじゃないと信じ始めるありさまで、いつも堂々めぐりだった。衝突事故でぼくは良心の呵責《かしゃく》を感じている、というきみの指摘は鋭かった——ときどきぼくは精神錯乱はそのせいだと思い込んでいたんだ。ぼくがきみを狂わせようとしているとか、ぼくはデイミアンじゃない、ときみが叫んでから、すべてがわかった。それで、古城に戻って、シャンタルに話をしたんだ」

「あの人がすべてを認めたのね？」シャンタルはエリザベスがフランボワーズに戻ってきたのを知ったときから、デイミアンの記憶は回復するかもしれない、と覚悟していたのだろう。

デイミアンは無表情にうなずいた。だが、彼が何か言いだす前にドアが開き、マックスがすごい顔をして入ってきた。

エリザベスは顔を上げ、びっくりして緑色の目を見開いた。マックスは彼女のそばにデイミアンがひざまずいているのを見て、険しく眉を寄せた。

「どうなっているんだ？　きみは五分間だけと言ったが、もう三十分もいるじゃないか！」

デイミアンが立ち上がって振り向いた。「これはプライベートな話なんだ」その声は氷のように冷たかった。

マックスはデイミアンを無視して、エリザベスをとがめた。「彼は結婚しているんだろう？　伯母さんが心配してるよ。行って話してあげたほうがいい。この男はぼくにまかせなさい」

「いったいだれなんだ?」デイミアンがエリザベスにきいた。その声は彼女がかつてあれほど怖がった調子に変わっていた。

「ぼくがだれであろうと関係ないよ。ぼくはきみをドアまで送り届ける男だ。それだけわかればいい」マックスは声をきしらせた。

「マックス……」エリザベスは言いかけたが、どう説明すればいいか、わからなかった。

「マックス? マックスだって?」デイミアンは二度名前を繰り返した。ばかにしているように聞こえ、マックスは怒って真っ赤になった。

「どうも気に食わんな。あごに一発お見舞いしようか!」

「自信過剰だね」デイミアンは雄牛の前に赤い布を振るような言い方をした。

エリザベスが二人の間に割って入った。「マックス、あなたにはわかっていないわ。でも、いまは説明できないの……お願い、わたしはデイミアンとお話ししなきゃならないんです」

「なんだって? いまきみは……」マックスは急に心配そうにエリザベスを見つめた。

「リズ、ハニー、この男はイーブ・ド・ラバールのはずだよ。この男が訪ねてきたとき、きみ自身がそう呼んだじゃないか」

エリザベスは赤くなった。半分おかしく、半分神経質な笑い声をあげた。「わかっているわ。でもイーブではないの。彼はデイミアン・ヘイズよ」

「なんてことだ！」マックスはびっくりしてつぶやいた。あまりに心配で顔が青ざめていたので、エリザベスはその頬を軽くたたいてほほ笑みかけた。

「大丈夫よ、マックス。わたしは正気よ！」

「ああ、もちろんそうだ」マックスはそう言ったが、その目は明らかにエリザベスをおかしいと見ていた。

「変に聞こえるでしょうけど、わたしは正気よ。自分が何を言っているか、ちゃんとわかっているわ。この人はデイミアンよ。間違いだったの、彼は死んではいなかったの」

「そうだ、ハニー、わかった」マックスの声は震えていた。「伯母さんのところへ行って、全部話してあげたらどうだい？　キッチンにビッキーと一緒にいるよ」

　エリザベスには、マックスが彼女の言うことを信じていないことがわかっていた。だが、いずれにしても伯母には話をしなければならなかった。信じてもらうのはむずかしいし、時間もかかるだろう。フラー伯母もマックスのように初めは疑い、心配し、なかなか納得してはくれないはずだ。

「デイミアンとけんかはしないわね？」

「もちろんだとも」

「ほんとよ」エリザベスが強く言うと、マックスはしきりにうなずいた。

「わかってる。彼に手出しはしないよ」

エリザベスは、おかしそうにしているデイミアンを見ると、肩をすくめ、出ていった。ドアを閉めたとたん、マックスの押し殺した声が聞こえた。「さあ、きみ、何を彼女に吹き込んでいたんだ？」

エリザベスは心配だった。だが、デイミアンの口調は冷静だった。「そう興奮しなさんな。血管が破裂するよ。高血圧じゃないのかな？」

「彼女がヘイズとかいう男と具合の悪いことになっているのはわかっているはずだ。いったい何をたくらんでいるんだ？　きみのたくらみをしぼり出してやろうか」マックスはさらにつづけた。「汚いぞ、ヘイズは死んでいないの、自分はデイミアンだのと言って、彼女をからかうなんて。そんな卑劣なことをするとは、信じられないね。かわいそうに、彼女の心はずたずただ。もう少し早くこっちへ来ればよかった。何かよくないことが起こるんじゃないかと思っていたんだ。ヨーロッパに来させるんじゃなかったよ」

「彼女をヨーロッパに来させるんじゃなかったって？　きみは彼女の所有主かい？」

「きいたふうな口をきくんじゃない」マックスがすごんだ。

エリザベスは立ち聞きをしながら、なぐり合いが始まる前に中に入ったものかどうか、取っ手に手をかけたまま、迷っていた。

「彼女がどこへ行こうと、きみにそれを決める権利があるのかな？」デイミアンはおだやかにきいた。

「彼女はぼくのところで働いているんだ。だから権利はあるさ。これまで契約をした中では、いちばん才能のある女性なんだ。汚い手で彼女に無理強いしたら、ミンチにかけてずたずたにしてやるからな。あれほど才能のある子だ、もとのまま返してもらいたいんだ。彼女に近づくんじゃない。聞いているのか？　今度彼女に近づくときは、このぼくの死体をまたいでからにするんだな！」

デイミアンは軽く、かすれた声で笑いだした。エリザベスはほっとして、ドアのそばを離れた。かつてはデイミアンの嫉妬心が二人の間を妨げたものだった。ほかの男性がエリザベスの近くにいると、その嫉妬心がめらめらと灼熱《しゃくねつ》の炎となって燃え上がった。確かに彼は新しく生まれ変わったかもしれない。しかし、どんな形成外科医も性格までは変えられるものではない。だが、いまはエリザベスは気にしなかった。デイミアンがどんな欠点を持っていようと、どんなにつむじ曲がりであろうと、彼と一緒であれば、かまわない。一度彼を失ったあとでは、二度と失いたくなかった。

キッチンに入ると、フラー伯母とビッキーが心配そうにエリザベスを見た。

「お話ししたいことがあるの」エリザベスはそう切り出した。話を進めるにつれ、二人の顔は警戒心から心配へ、不信から驚きへとめまぐるしく変わった。フラー伯母は手を口に当てて椅子に座り込んでいた。

「まあ」伯母は言うべき言葉もなく、何度もそう言っただけだった。

ビッキーのほうがこだわりがなかった。あるときは「冗談はよしてよ」と言い、あるときは「リズ、ふざけないで――そんなことを信じろなんて」と合いの手を入れた。

「ビッキー、黙ってて。最後まで話せばわかるから」エリザベスはつづけようとした。

「リズ、わかったわ。ほんとよ、気持はわかるわ。お姉さんがデイミアンに夢中だったことは知っているけど、これは……」

「黙って聞いて」エリザベスはビッキーの口を手でふさぎ、話をつづけた。ビッキーの目がしだいに大きく見開かれていった。

ビッキーももはや口をはさまなかった。口をぽかんと開け、姉を見つめているだけだった。エリザベスが話し終えると、しばらくはだれも口をきかなかった。

「シャンタルはわかっていたのね」フラー伯母が言った。「ご自分の夫が……彼女は知っていたのよね？　だけど、わたしは気づかなかったわ。イーブがデイミアンだなんて、想像もしなかった。退院してから、何度も会ったけど、疑ったこともないわ」

ビッキーは皿のように丸い目でエリザベスを見ていた。「だけど、お姉さんはおかしいと思ったのね？　わたしはお姉さんは気が触れていると思ったのよ！　ところが、ここに着いた晩に彼を見かけたときから、わかっていたのね」

「そうよ！」フラー伯母はうなずいて、息を吸った。「あなたにはわかっていたのね。なんてことでしょう！　わたしは露ほども気がつかなかったというのに！」

「伯母さまは彼に恋をしていらっしゃるわけじゃないからよ」ビッキーがにやりとして言った。

伯母もにっこりしたが、すぐまじめな顔になった。「かわいそうなシャンタル……あの人、どうするのかしら？　いまどこにいらっしゃるの、エリザベス？　お城なの？」

「デイミアンはアンティーブだと言っていたわ。向こうにお友達がいらっしゃるらしいの」

フラー伯母の顔が晴れた。「そういえば、アンティーブに弁護士と結婚した学校時代のお友達がいるって、聞いたことがあるわ。お友達と一緒なのね。それにしても、生きていると思っていたご主人が実は亡くなっていたなんて、なんてことでしょうね。かわいそうな人！」

エリザベスは、シャンタルに一度車でひかれそうになった話をしなくてよかった、と思った。デイミアンにもしていないし、これからもするつもりはなかった。シャンタルはすぐ後悔し、エリザベスは彼女の誠意を疑わなかった。だが、あのできごとはシャンタルがどんなに動揺していたかを示していた。

エリザベスは大きな声で言った。「そうね、ほんとにお気の毒だわ。二人とも失ってしまったんですもの」

エリザベスとビッキーの視線が合った。ビッキーは抜け目のない目つきをしていたが、姉が見るよりもずっとシャンタルの悲しみを理解しているようだった。

居間のドアが開き、マックスが立っていた。彼のいかつい顔は呆然《ぼうぜん》としていた。「リズ、彼が来てほしいと言ってるよ」デイミアンに話を聞き、マックスは納得したのだろう。彼はだれに言うとなく言った。「酔っぱらったみたいだよ。あんな話、聞いたこともない。だれか映画にでもすべきだね！」

エリザベスは居間に入ろうとした。その腕を取って、マックスが耳もとでささやいた。

「忘れるんじゃないよ、ハニー、きみはまだぼくと契約しているんだ……そりゃあ、あの男と結婚したければ、するがいいさ。だけど、ぼくから逃げ出しちゃだめだぞ。うちの会社だけじゃなく、ぼくの心もつぶれてしまう」

「あら、あなたにもそんなに優しい心があるとは知らなかったわ」エリザベスがからかうと、彼はにやりとした。

「ほとんどの人は知らないけど、ここにあるんだよ……」マックスは上着の胸に手を触れた。

「あら、あなたの心は反対側についているのね」ビッキーが言った。

「財布が入っているんだ」マックスは内ポケットから財布を出してみせた。

ビッキーはくすくす笑った。「マックスから正直を取ったら、何もないわ」

エリザベスがドアを閉めながら捨てぜりふを言った。「それでも言い足りないわ。マックスは正真正銘のシャイロックなのよ――彼と契約したら、血を流して死ぬことになっても、肉を切り取られてしまうんだから」

「冷酷だろうとなんだろうと言うがいい。契約を守らないと、今度はぼくが化けて出るぞ！」

デイミアンは窓辺に立って外を眺めていた。エリザベスはドアにもたれ、何も話す必要もないくらい幸せだった。

「ぼくはニューヨークには住めないよ。だけど、ここでも暮らしていけないな。どこを見ても何かを思い出して、いつも過去を振り返っていなきゃならないからね」

「ニューイングランドはいいわよ。田舎はとても美しいし……バークシャーに住んで、わたしは週に一、二度ニューヨークに通勤するの。仕事は家でもできるわ。わたしの契約は二年あって、マックスは決して契約を中途で切ったりはしないと思うのよ」

「わかっているよ。彼から聞いた――大変な勢いだった」

「そうしましょうよ。住んでみて、あなたがいやだったら、いつでもヨーロッパに戻って、どこかほかを探せばいいわ」

デイミアンが振り向き、二人の視線が合った。エリザベスは心臓が高鳴った。彼が両手を広げると、彼女はその腕の中へ飛び込んでいった。川岸で初めて見かけたときと同じように。顔を上げる彼女にデイミアンは熱くキスした。

「一緒に暮らせるなら、どこに住もうとかまわないだろう?」デイミアンはエリザベスの髪に頬を寄せて、笑った。「きみがニューイングランドに住みたいのなら、そうしよう。きみに契約を守らせなければ、マックスがぼくをなぐり倒して踏みつけにするからじゃなくて……これからは、ぼくの目の届かないところに、きみを置くつもりがないからだ」デイミアンの瞳が黒く輝いた。

「何を考えていらっしゃるの?」エリザベスがうらめしげにきくと、彼はからかうような笑みを浮かべた。

「きみを描きたいんだ」

「また? もう何十回と描いたのに!」

「きみが川から出てきたときのあの姿を、だよ」デイミアンは首をかしげてじっと彼女を見つめた。「きみの肌は全身緑と銀色で、髪は海草のよう……」

「いや、だめよ……」

「光が肩から当たって」彼は何も聞こえないかのようにつづけた。「ここに届く」そっと彼女の胸に触れ、手を肩へとすべらせる。「髪は……」

「デイミアン!」

だが、彼は聞いてはいなかった。一歩さがって、じっと彼女を見つめた。

「行こう」デイミアンが言った。

エリザベスはぽかんとしていた。「どこへ?」

「川へだよ――ちょっとスケッチだけしておきたいんだ」

「いまはだめよ、デイミアン!」

「光線の具合はよくないかもしれないが、それは今夜やり直せばいい」デイミアンは彼女の手を取って、連れ出そうとしていた。

「冗談でしょう!」エリザベスは抵抗したが、彼は何か考え込んでいて、すぐには答えなかった。

「今夜はきっと暖かいよ。うん……川の水がきみの太ももに波打つところがいい。きっとすばらしい」

「あなたが描いている間、一晩じゅう腰まで水につかってはいられないわ」

「腰までじゃない。太ももまでだ」デイミアンはうわの空だ。

玄関に出た二人をフラー伯母がキッチンからのぞいた。ほほ笑もうとして、すぐにびっくりした顔になった。「出かけるの?」

デイミアンは伯母を見たが、だれだかわからない様子だ。「やあ、どうも。長くはかかりませんよ」

エリザベスは引っ張られながら、振り向いて手を振った。あとに残った三人が呆然としてキッチンの入口に立っていた。デイミアンはわき目もふらない。

「デイミアン、待って。スケッチブックもないでしょう?」エリザベスは息をきらしていた。

「塔から取ってくる」

「こんな真っ昼間にわたしが裸になるとでも思っているの?」エリザベスは笑ったらいいのか、なぐりかかったらいいのか、わからなかった。「だれかがいるかもしれないのよ——魚を釣っていたり、土手を散歩しているかもしれないわ!」

「だれかいたら、塔に行けばいい」

「また絵の仕事に戻りたいのね?」エリザベスがつぶやくと、デイミアンは立ちどまり、いたずらっぽく笑い声をあげた。

「絵を描きたいわけじゃないよ。ときどき、きみは勘が鈍いね、ぼくの恋人《マイ・ラブ》」

エリザベスはじっとデイミアンを見つめた。やっとのみ込めた。唇が分けられ、彼女は息詰まる思いで、彼の気持を感じていた。

「ようやく気持が通じ合って、うれしいよ。きみをベッドに連れていきたかったけど、あそこでは人がいるからね。塔にはだれもいない。二人きりになれるんだ、覚えているだろう」

エリザベスは目を輝かして、にっこりした。「どうして早くおっしゃらなかったの?走れば、それだけ早く着くわ」

二人は塔までひたすら駆けていった。

●本書は、1985年6月に小社より刊行された作品を文庫化したものです。

愛の亡霊
2020年2月1日発行　第1刷

著　者　シャーロット・ラム

訳　者　宮崎　彩（みやざき　あや）

発行人　鈴木幸辰

発行所　株式会社ハーパーコリンズ・ジャパン
東京都千代田区大手町1-5-1
03-6269-2883（営業）
0570-008091（読者サービス係）

印刷・製本　株式会社廣済堂

定価はカバーに表示してあります。

ハーレクイン文庫

「素足の妖精」

シャーロット・ラム／ 古城裕子　訳

17 歳のリンデンは事故を起こしたジョスを助けた縁で、親子ほども年の違う彼に惹かれる。だが結ばれた翌朝、彼の姿は既になく、リンデンは衝撃の事実を知る。

「ギリシアのシンデレラ」

サラ・モーガン／ 澤木香奈　訳

エラは恋人ニコスに捨てられた。彼がギリシア富豪と知ったのは別れたあとのこと。妊娠を告げられないまま職場を移したエラのもとに、ある日ニコスが現れ…。

「愛あれば」

ジェシカ・スティール／ 小林町子　訳

カシアは勤め先の会長ライアンから唐突な愛人契約の申し出を受ける。彼に惹かれていたもののあまりに無礼な誘いを断ると、翌日あろうことか解雇通知が届く。

「雪舞う夜に」

ダイアナ・パーマー／ 中原聡美　訳

ケイティは、ルームメイトの兄で、密かに想いを寄せる大富豪のイーガンに奔放で自堕落な女と決めつけられてしまう。ある夜、強引に迫られて、傷つくが…。

「マチルダの恋」

ベティ・ニールズ／ 大島ともこ　訳

いつか本当に結婚したい男性が現れる──そう信じて待っていた牧師の娘マチルダ。スコットと出会い、一目で恋に落ちるが、彼には美しいフィアンセがいた。

「世界一のプロポーズ」

エマ・ダーシー／ 鏑木ゆみ　訳

横暴な婚約者にセーラが別れを切りだすと、激昂する彼に乱暴されそうになった。たまたまいた友人の兄が救ってくれたばかりか、なぜか熱烈に求婚してきて…。